あなたの不幸は蜜の味

イヤミス傑作選

辻村深月／小池真理子／沼田まほかる
新津きよみ／乃南アサ／宮部みゆき
細谷正充 編

PHP
文芸文庫

○本表紙デザイン＋ロゴ＝川上成夫

あなたの不幸は蜜の味——イヤミス傑作選　目次

石《つわ》蕗《ぶき》南地区の放火

辻村深月

1

「不審火だって、不審火」

朝の事務所に一歩入ると、業務課長の弾んだ声が聞こえた。すぐにもそっちに顔を向け、話題に入りたいのを我慢して、私は、「おはようございます」と頭を下げる。そう広くはない事務所の、右隅の応接セットの脇。パーテーションで仕切られ、客の目から隠すように置かれたポットのお湯を入れ替えるところからが、私の仕事だ。

「笙子《しょうこ》ちゃん。これ、笙子ちゃんの実家の近くじゃないの？」

給湯室に向かおうとしたところで、呼び止められた。課長が広げた新聞の記事は、今朝、私が読んだものと同じだろう。

「詰め所の火事ですか」

「そう。テレビでもやってたけど、消防団が火事出すなんてなあ、医者の不養生どころの話じゃないよね。しかも不審火。笙子ちゃん、確か石蕗町《つわぶきちょう》の南に住んでただろ？　近いんじゃないかって話してたんだよ」

「近いどころか、真向かいなんです。その詰め所のある神社」

課長と職員何人かが「本当？」と目を丸くした。口調が気遣うものに変わる。

「じゃあ、お母さん心配なんじゃないの。電話した？」

「向こうからかかってきました。火、結構な勢いだったみたいですね。父や近所の人たちも消火を手伝ったそうで、昨夜はほとんど寝てないそうです」

「家は大丈夫？　貰い火事なんて冗談じゃないからね」

「大丈夫です。ただ、電話の様子だと母がかなり動揺してるようなので、今日は実家に戻ろうと思います」

始業のチャイムが鳴る前の事務所に、局長や役員の姿はまだない。業務課長が考え込むようにしながら、「今日、現場調査に行くことになると思うから」と言った。

「後で出納《すいとう》課に言って、罹災《りさい》見舞金一万円。いつものとおり現金で用意してもらってくれる？」

「わかりました」

昨日の残りが入ったポットを持つ腕がだるい。廊下に出ると、ストッキングが滑って、ミュールの踵《かかと》が大げさなガツッという音を立てた。

短大卒業とともにこの職場に入り、今年で十六年が経つ。十一年目に時間の流れの速さに驚愕《きょうがく》してからは、それまで意識しなかった自分の勤務年数も年齢も、毎年やけにはっきり頭に刻まれるようになった。勤務年数プラス二十が、そのまま私の年齢だ。

三十六歳。

短大出身の女性は、たとえ正職員であっても結婚したら退職を余儀なくされる古い体質のこの職場で、私は今も働いている。

財団法人町村公共相互共済地方支部。

漢字ばかりの長い名前は、最初の頃、なかなか覚えられなかった。必要書類にはゴム印を押してしまうから、手で書いて確認することもないし、そのせいで自分の勤め先であるにもかかわらず、「公共」と「相互」はどちらが先だったっけ、と首を捻《ひね》るようなことが今でもある。

業務は主に、町村の持つ建物や車、公有物件の保険事業だ。仕事相手は、役場や町村にある公共施設で働く公務員たち。保険の対象となるのは、町村役場の庁舎を始め公立学校や施設、そしてそれらが各自で持つ公用車。県単位で置かれた地方支部ごと、それらの災害や事故に対して共済金を支払う。

「笙子さん、おはようございます」

給湯室で、沸かしたばかりの熱湯をポットに移し替えていると、後輩の朋絵《ともえ》がやってきた。去年入ったばかりの、私より十歳近く年下の臨時職員。健康診断で一緒に身長と体重を計った時、まったく同じ数値だと盛り上がったことがあったが、体型はまるで違う。同じ制服を着ていると、なおのことはっきりと際立つ。朋絵の小さな顔と、今の若い子らしくきゅっと高い位置で引き締まったウエストを見ると、最近たるみ始めた私の二の腕分の肉は一体どこについているのだろうと疑問に思う。

「おはよう、ともちゃん」

「今、事務所に局長がやってきて、火事のことで盛り上がってますよ。笙子さんの実家の近くだったんですね」

「うん」

「課長が先方に今から行くって電話してたみたいだけど、笙子さんも行くの？」

「たぶん。ついてって、現場の写真撮ってくる」

「ふうん。いいなあ。消防団員の若い衆に囲まれてくるなんて、私も行きたい」

「ともちゃん」

窘《たしな》めるように見つめると、「だって」と朋絵が肩を竦《すく》めた。

「気をつけてね。笙子さん、モテそう。それとさ、火事現場って臭いがすごいでしょ？制服の上からジャージ着なよ。前の時もそうだったじゃん。臭い、移っちゃう」

「うん」

去年の夏、県の南端にある村の保育園が小火《ぼや》を出した時、笙子は初めて現場に行った。風水害や悪戯《いたずら》による窓ガラスの破損など、共済金請求のほとんどの場合は、先方が写真を添付してくるだけだが、火事となるとそうもいかない。共済金の額も大きく、名目上、調査も必要となるため、こちらから職員が出向く羽目になる。町村からの災害報告と請求の書類は毎日のように届くが、火事は年に一件あるかどうかだ。

前回の保育園の倉庫は、花火大会での火の不始末が火災の原因だった。幸いにして、けが人はいなかった。

「今回の火事、不審火なんでしょ。怖いね」

私が手にしたポットを、朋絵が代わりに持ってくれる。「いいよ、持つよ」と断ると、「笙子さんは早く支度しなよ」と首を振られた。

「消防の詰め所が放火って、なんか皮肉。けが人出なくてよかったね」

「まだ放火って決まったわけじゃ」

「放火でしょう、不審火って時はだいたい」

やけに神妙な顔をして言いきった後で、「あ、そういえば」と朋絵が続けた。

「何？」

「笙子さんの地元ってことはさ、あの人たちの消防団なんじゃない？　ほら、今年の初めに頼まれて合コンした」

「ああ」

私はいかにも今気づいたように頷《うなず》いた。

「あったね、そんなことも」

「うわー、だったら私ノーサンキューだなあ。やっぱ羨《うらや》ましくない。笙子さんに同情する。あの時のメンバー、来てないといいね」

「大丈夫でしょ。それに仕事なんだから仕方ない」

細い両肩を抱いて鳥肌を立てた真似をする朋絵に向け、苦笑する。

「笙子さん、課長が呼んでるよ。一時間後に出るって」

事務所の男の子が呼びに来たのを幸いとばかりに、「はい」と返事をし、「ポット、後、お願い」と朋絵に小さく頭を下げた。

2

現場に着いて車を降りた瞬間、火事の臭いに全身を包まれた。

焦げ臭いなんて言い方じゃ形容が追いつかない。吸い込んだ空気から鼻の中に、重たい煤《すす》の塊がたまるようだ。朋絵の勧め通りに羽織った職場用のジャージの表面が、ここにいるだけで黒く汚れる錯覚を覚える。

建物の形は残っていたものの、ドアと窓から見える内部は完全な空洞になったように一面真っ黒かった。火元は、普段団員が集まる部屋がある二階。一階の車庫からとりあえず移されたらしい半分が黒ずんだ消防車が、詰め所のある神社の外れに停められている。

二階の窓のすぐ脇にある半鐘《はんしょう》が、上から墨汁で塗り込められたように色を変えていた。実家の部屋から見えるあの鐘は、本来、深い緑色だったはずだ。あの音に、深夜、何度叩き起こされたか知れない。

「笙子ちゃんの実家、あれ？　本当に目と鼻の先じゃんか」

「ええ」

課長が指差した家は、幅の狭い道路を間に挟んで現場と十メートルと離れていない。見上げると、私が使っていた二階の部屋の窓が見えた。団員たちが出入りしている詰め所と高さがほぼ同じせいで、私は年頃になってから、自分の部屋のカーテンを開けたことが数えるほどしかない。それでも細く隙間の開いていたカーテンの間から、二階の通路を歩く団員の一人と偶然目が合ってしまって以来、絶対に向こうを見ないと決めた。私はパジャマだった。暴力的なほど眩《まばゆ》い照明の下に立った彼が、気まずそうに顔を逸《そ》らした瞬間は今もまだ覚えている。

着替えを見られたくない、という私の思いは、そのまま、向こうだって好きで見るわけではないということなのだと悟った。祖父母の家の敷地内に私の両親がこの家を構えた時、神社はまだ静かで、詰め所は別の場所にあった。後から移転され、そしてうちの周りは騒がしくなった。最初からわかっていたら、両親だって、娘の部屋をあの位置にしたりしなかったろう。

「すいません、災害共済のものですが」

「ああ、はいはい。お疲れ様です」

話が通っていたのか、うちの課長に向け、現場に立っていた年配の男性が近づいてくる。それを合図にしたように、何人かがこちらを振り向き、浅く顎《あご》を引いて挨《あい》捌《さつ》してきた。

警察による実況見分はすでに終わった後らしかったが、現場では、たくさんの男たちがそれぞれ作業をしていた。

「おい、そっちの私物の中で、誰のかきちんとわかるもんが残ってたら連絡取れよ」

離れた場所でした声が、やけに響いた。振り返ると、黒地に白く「南」の字が入った法被《はっぴ》を着た背中が、すぐに目に入った。

消防士たちのオレンジ色の作業服と違い、裾に赤いラインを入れた法被姿は地元の消防団員たちだ。この詰め所を、まさに使っていた男たち。火元責任者。

消防署の消防士たちが、職業として消火にあたるのと違い、消防団は、地域の若者を中心に構成されたいわばボランティアだ。普段はそれぞれ別の職業につき、有事の際に消火の手伝いとして出動する。地域の清掃活動やお祭りなどのイベントに駆り出されることも多く、同じ地域に住む先輩後輩同士、飲み会や旅行に興じる互助会としての側面が強い。

実家に住んでいた頃、火事の起きない日であっても、詰め所の二階の窓は明かりがついていることが多かった。マージャンの牌《ぱい》をかき混ぜる耳ざわりな音。品なくあがる笑い声。誰かの携帯の着メロが鳴った後で、外に出てきた一人が「まだ当分帰らせてもらえん」と、妻らしき相手に嘆く声も聞いたことがある。朋絵がバイトでしているコンパニオンも、月に一度の頻度でどこかの消防団の飲み会に呼ばれることがあると聞く。昼の職場が職場だから、いつ知り合いに会うかもわからない。そういう時は置屋のママに言って休みをもらうそうだ。

さっきの男が、後輩らしき相手に向けてさらに声を張り上げた。

「あっちに動かした消防車の中も、誰か確認したか？　二階にあった予備のキーはどうした。きちんとまとめて管理しとけ。わかるように」

「大林《おおばやし》さん、でもあれ、焦げて使えないって」

「そういう問題じゃないだろ！」

きびきびとした声で、男が次々に指示を出す。

指示を受ける団員の一人が、私たちに気づいて、微かに頭を下げた。現場に足を踏み入れている女は私一人だ。若い団員たちが、場違いな存在である私を怪訝《けげん》そうに見る中、彼らの指揮を取る年上の男だけが、頑《かたく》なまでに背中を向けて、絶対にこちらを振り向かない。

私も顔をそむけ、それ以上彼らを見るのをやめた。大林が現場の片付けを後輩に命じる怒鳴り声が、まだ続いていた。

　担当者の話を聞き、写真を撮り終えると、もうお昼近かった。現場を見て回る最中、実家の方向を何度か見た。火事跡を見物に来たらしい近所の人に混じって、うちの母も出てこないかと見ていたが、姿がない。私の様子に気づいたのか、課長が言う。

「もうお昼だし、家に寄ってきたらどう？　俺は適当にどっかその辺で食べてくるからさ。一時過ぎに車のところで待ち合わせて事務所に戻ろう。それか、もしお母さんが気がかりなら、午後は休んでも構わないから」

「いいんですか？」

「こんな時だしね。写真はもう撮ったし、後は向こうから請求上げてもらうように言ったから問題ないよ」

　すいません、と礼を言い、好意に甘えて家に戻る。

　現場を離れると、一度は麻痺《まひ》していた鼻が、思い出したようにジャージについた火事の臭いを嗅《か》いだ。気休め程度に上着を脱ぎ、空気を大きく漕《こ》ぐようにはたいてみるが、臭いは取れそうになかった。

　ちょうど昼食を取っていた母は、まだ興奮状態が続いていた。

帰ってきた私を見て、「まあ、しょうちゃん！」と声をあげ、朝の電話と同じテンションで昨夜の火事を語り始める。

「とにかく、すごい煙だったのよ。お宮の木にも燃え移ったし、よく林が燃えてしまわなかったもんだと思って」

「火元は二階だって聞いたけど」

実際に上がったことはないが、タバコの煙が立ち込めた室内でマージャンに興じる男たちの姿が、見たことのように目に浮かぶ。火の不始末があっても不思議じゃない。しかし母は「放火だよ」とあっさり言って、身を震わせた。

「ここ数日は出動もなくて、誰も中に入ってなかったって言ってたよ。ああ、もう、おそろしくて、おちおち住んでいられない。変な人が多いねえ。よりにもよって消防団を狙うなんて」

「昨日は、あそこの団員さんたちどうしたの？　消火道具、持ち出せなかったんでしょ」

見てきたばかりの黒焦げになった車庫やホースを思い出しながら言うと、母が「だけど頑張ってくれたよ」と答えた。

「神社のお堀の水や、うちの水道からも水汲《く》み出してバケツリレーしたけど、一生懸命やってくれたよ。消防の建物から火を出してすいませんって、泣いて謝ってくれて。悔しかったんだろうね。うちにも、今朝、また謝りに来た。あの分じゃ、一軒ずつ全部行ってるんじゃないかな」

「へえ」

「片付けだって寝ないでずっとやってるみたいだよ」

「南」と書かれた法被の背中を思い出す。

同じ地区にこれからも住む者として当然の配慮だという気もしたが、うちの母の胸に、彼らの対応は十分に誠意をもって届いたらしかった。「あの人たちもかわいそうに」と続ける。

「一番熱心に謝りに来たのはね、大林さん」

私の分のご飯をよそいながら、何気ない調子に母が言う。私は答えなかった。黙ったまま、テーブルの上に並んだ母の佃煮《つくだに》や漬け物を眺めていた。実家は、どことなくいつも食べ物の匂いで甘ったるい。醬油がしみ込んだままになったような古いテーブルの模様をじっと見ていると、母がまた言った。

「あの人は役場だし、消防団の中では一番年上だからって責任も感じたんだろうね。いい人だと思うんだけど、しょうちゃん、あの人じゃダメなの？」

「……うん」

聞こえるか聞こえないかの返事をわざと返す。母が私の前に茶碗を置いたのを見て、「お味噌汁もある？」と自分から台所に立った。

私が来たことを知っても、絶対にこちらを振り向かなかった大林の背中。そのくせ、声はわざとらしいほど大きく、生き生きしていた。

あの男を嫌だ、と感じた気持ちに今も変わりはない。娘の周りに男の気配がまるでない、と心配する母に、婉曲《えんきょく》な言い方とはいえ大林に誘われた話をしてしまったことが、今更ながら悔やまれた。あの時はただ、娘にも女としての魅力があることを、母に思い知らせたい一心だった。見合いの話を探してやろうか、と声をかけられ、ついかっとなって話してしまった。

変化を求め、三十になると同時に始めた私の一人暮らしを、両親は今もまだ完全には認めていない。実家に戻るたび、「相手はいないのか」と言われることに、辟易《へきえき》していた。「一人のままこんな年になっちゃって、周りはみんな片付いてるし、どうするの」と心配されることにもいい加減うんざりだ。そんな態度だからこそこの家を出たのに、無自覚な両親が疎《うと》ましかった。

大林のことを伝えた時、母は確かに「あの役場にいる息子さん？」と満更《まんざら》でもない顔をしたのだ。大林は、お世辞にもいい男とは言えない。薄くなった頭髪、分厚い唇、顎から頬の周りにかけて広がる青い髭《ひげ》の剃り跡。太っているわけでも、極端に細いわけでもないが、身体の肉がだらしなくたるんでいるのが、服を着ていてもわかる。

母に言ってしまった後、得意に思えたのは一瞬だった。自分を貶《おとし》めてしまったような罪悪感に襲われ、「しつこくされて迷惑だった」とすぐに話題を終えた。

母が思い出したように大林の名前を口にするたび、心の表面が砂で撫でられたようにざらつく。

惹かれる部分などないはずなのに、母が大林に価値を見出しているそぶりを見せるたび、自分が惜しいことをしたのではないか、ひょっとしたら、あの男でもよかったんじゃないか、と気持ちが揺らぐ。そんなはず、絶対にないのに。そして、自分の価値が目減りしたように思うのだ。

「そうだ」

台所から戻ってきた私に、母が声をかける。

「お父さんの前の上司の人から、お見合いの話が来てるんだけど……。しょうちゃん、興味ないよね」

娘に怒られることを警戒してか、控えめな調子で母が切り出す。目線を上げた私の返事を待たず、早口で続ける。

「お母さんもお父さんもどっちでもいいから。だけど、紹介してくれた人がしょうちゃんのことを見かけたことがあるとかで、きれいな娘さんだからって、持ってきてくれた話で」

「会わないってば」

お見合いで結婚した友達も、何人かはいる。だけど、彼女たちは昔から恋愛にまるきり無縁なタイプばかりで、外見にもそこまで気を遣うふうではなかった。笙子はモテていいなあ、と学生時代あんなにも言われていたし、サークルで人気があった先輩二人に取り合いをされたことだってある。その私がお見合い結婚では、友達を式に呼ぶのだって気まずい。

しかし、その時思いがけない言葉が聞こえた。

「公認会計士だよ」

え、と目を瞬《しばたた》いて、母を見つめる。

「隣町で、おじさんのやってる事務所を手伝ってる人。若いんだけど、副社長だって」

「若いって、いくつ」

「あんたと同い年」

「……ふうん」

「写真見る？」

「あるの？」

あるよ、と頷く母が、気のないふうを装いながら、いそいそと食卓を立って奥の部屋に消えていく。

家業を持つ男との結婚が、苦労が多いことはよく知っている。けれど、公認会計士ということは大学も出ているだろうし、転勤もない。長男と次男、どっちだろう。おじさんの事務所、ということは経営者の直系ではないのだろうけど。

お見合いだということは、話さえまとまってしまえば、いくらだって伏せることはできるんじゃないだろうか。問題は、今のままでは出会いがない、ということなのだ。

3

大林と横浜まで出かけてしまったことは、誰にも、母にさえ話していない。

今年の初めに、職場に出入りする石蕗町役場の職員に持ちかけられた合コンを、私は断ることができなかった。

「いいじゃないですか。独身同士、みんなで親睦会ってことでどうですか」

図々しい物言いに腹が立ったが、これからも仕事で関わることを考えたら、無下《むげ》にもできない。朋絵に来てくれないかと声をかけると、彼女は「別にいいですよ」と答えた後で、「笙子さん神経質だからなあ」と呟くように言った。

「私だったら断るけど。気にしすぎじゃないですか。いちいち生真面目に相手することないのに」

「だけど、これからも仕事で顔を合わせることになるし」

朋絵と違って、私は正職員だ。ここにいる限り、いつまたどんなことで相手と関わるかわからない。むっとしたが、彼女に断られてしまったら、ほかに誘える相手がいなかった。

「ごめん。一回でいいから付き合って。お店、どうしよう。なるべく知り合いに見られないところがいいんだけど、完全に個室になってるようなお店の心当たりない？　それと、幹事同士、連絡を取り合えるように携帯を教えて欲しいって言われたんだけど」

「そんなの、職場のパソコン教えとけばいいんじゃないですか」

朋絵の声が、途中から露骨にめんどくさそうになった。「でも向こうは携帯教えてきてるし」と続けるが、「ほっとけばいいですよ」とそっけない。無難な対応をしておきたいのに、まるで親身になってくれないことに苛立《いらだ》った。

朋絵は、私をよく、「モテそう」と言う。

「おしとやかで、公務員が思うお嫁さん候補ナンバーワン」

最初にその言い方をされた時は、立ててくれているのかと思っていたが、それは多分、私がおとなしそうで、男の言うことを聞きそうだから、舐《な》められているのだ。バカにしないで欲しい。私は実際には気が強いし、舐められるのも嫌いだ。

人の言葉や誘いに誠意のない対応ができないのは、礼儀の問題だ。私はごく常識の範囲で相手に応えているに過ぎない。おかしいのは、そこにつけ込もうとする礼儀知らずな輩《やから》たちの方だ。何故、誠実な態度を取った私の方がそんな人たちに損をしたような気持ちにさせられなければならないのか。

大林のことも、その最たる例だった。

石蕗町役場との飲み会は、合コンとは名ばかりの、彼らの無礼講だった。独身の若手を中心とした恒例の集まりに、私たちが客として招かれた形だ。私を誘った共済担当の男性職員は、この場に女を連れてこられたことがひどく誇らしげだった。

　私たち二人に対して、男性は十人ほどいただろうか。全員役場の職員で、部署はばらばら。大林は、彼らの中ではダントツの年長者で、水道課に勤務しているとのことだった。

　三十八で、町内の建設会社の娘との縁談がダメになったばかり。ただし、それは、大林の方が断った話であったらしい。後輩の男が「あの子、かわいかったのにもったいなかったじゃないっすか。向こうの親父さんも乗り気だったし」と言う声に、「お前、バカ言うなよ」と楽しそうに返していた。

「建設課にいた頃、あの家にどんだけ世話になったと思ってんだ。ただでさえ、あそこの兄貴はオレの同級だし、あんなよく知った家の娘もらったら苦労するに決まってる」

　へえ、と感心した。魅力などかけらも感じない貧相な男だと思ったが、出会いにまるで無縁というわけでもないのか。後輩に名を呼ばれるごとに嬉しそうに応え、自分の仕事や家について饒舌《じょうぜつ》に語る。世間一般にいういい男ではないものの、この場では慕《した》われる存在であるらしい。

消防団の話も出た。

役場の職員という立場柄か、その場にいる大半が消防団に所属していた。今年の出初め式ではどうだった、去年の旅行は初の海外で韓国で、あの時は飲み過ぎて、誰がどんな失敗を……などと、内輪の話がおもしろおかしい様子に続く。

「火事ってのは切ないから、気をつけなよ。全部持っていかれちまうからね」

話の中盤で、大林の口から、消防団らしくそんな話も出た。

「写真とか、思い出まで全部燃えちまう。何にも残らん」

「だけど、去年の現場で指輪が見つかったの。あれ、よかったですよね。ほら、川の下手のばあさんの家。大林さんが手伝おうって言い出して……」

「ああ。大変だったけどな」

一人暮らしの老婆の家が全焼した際、消火活動が終わった後も残って、彼女の思い出の品だという金の指輪を焼け跡から皆で探し出したのだそうだ。平日早朝のことで、彼らは仕事に行くのを遅らせてまで彼女に付き合った。指輪が出てきた時、老婆は号泣して何度も何度もお礼を言っていたという。

「うっわあ、いい話じゃないですか！　私、感動しちゃった。かっこいい」

バイト仕込みなのか、朋絵がそつなく感嘆の声をあげた。「いやまあ、知らない仲のばあさんじゃなかったからさ」と照れ笑いを浮かべる若い男たちは得意げだった。

宴会の途中から横に座るようになった大林が、私の家の場所や年齢を尋ねる。小さい町のことだから隠してもすぐにバレてしまうだろう。詰め所の向かいに実家があることを話すと、途端に親近感を覚えたようだった。——その立地のせいで、少女時代から気詰まりな思いをしていること、それが実家を出る原因の一つになったことは黙っていた。

『バックドラフト』という映画が好きなんだ、と大林が言った。消防士たちが主人公で、正義に燃える男たちが町の平和を脅かす放火犯を捕まえようと命を懸《か》ける物語。学生の頃に観て憧れ、ああいう男たちの仲間入りがしたいと思ってきた、と熱っぽく語る。

どうせ、この場限りの付き合いだろうと、朋絵を見習って、相手を上機嫌にさせる言葉を選んで相づちを打った。今は直接付き合いがなくても、いずれ仕事で会うことがあるかもしれない。実家も近所だから、すげない態度を取って何かと差し障りが出るのも困る。

実家で飼っている猫の写真が待ち受けになった携帯を見せられた。「かわいい」

と言うと、さらに嬉しそうに、何枚も写真を見せてきた。本当は、私は小さい頃に大型犬に飛びかかられてから、犬も猫も、動物は苦手だった。室内で何か飼っている家に遊びに行くと、獣臭さにぞっとするし、そんな臭いの中で生活できる人の気が知れない。

実家から通える短大に進学したため、一度も県外に出たことがないと告げると、大林が「オレ、大学、横浜」と告げた。新年の駅伝でよく名前を聞く私立大学を卒業しているという。

「いいなあ、横浜」

反射のように声が出てしまった。横浜は好きだった。短大時代に友達と奮発してちょっといいホテルを取り、赤レンガ倉庫や外国人墓地を巡った。移動する電車の中から見えるみなとみらいの観覧車の灯りがロマンチックで、都会の中に現れる遊園地の光は、いかにも洗練されたおしゃれな印象だった。

「じゃ、今度このメンバーみんなで行こうよ。オレ、案内できるよ。中華街もいい店知ってるし」

「本当ですか、じゃあ、ぜひ」

社交辞令のつもりで返すと、間髪《かんはつ》入れずに携帯電話が取り出された。「番号とアドレス、教えてよ」と、飼い猫が寝そべる画面を突きつけられる。助けを求めて朋絵を見るが、彼女は別の男たちと盛り上がっていて、こちらを見ていない。作業着姿の男にビールを注がれている。

「私のアドレス、長いんです」

「じゃ、赤外線通信のやり方わかる？」

「受信の仕方はわかるんですけど、送信がわからない。教えてもらったら、こっちからメールします」

　番号を交換しているところを見られたくなかった。皆が酔っ払って、こっちに関心をそう払っていないことを救いに感じた。大林の携帯から番号とアドレスを受け取り、携帯電話を鞄にしまうとき、「絶対に連絡ちょうだいね。オレ、待ってるからさ」と念を押された。わざと小声で、さりげないふうを装って囁《ささや》かれたことが、それだけで疲労感が増すほどに重たく思えた。

　帰りの車の中で、朋絵が「くだらない飲み会でしたねえ」とカラッとした声を出した。「うん。付き合ってくれてありがとう」と微笑みながら、本当は相談したくてたまらなかった。うっかり大林にアドレスを教えられてしまったこと、これから返信しなければならないこと。

だけど、彼女にまたバカにされるのは癪《しゃく》だった。生真面目だ、気弱だ、と言われるたびに、そんなことないのに、と言い返したくなる。私はただ、筋を通したいだけ。礼儀知らずになりたくないだけだ。今日の飲み会の会計は、すべて男たちが持った。奢《おご》られてしまった手前、何もしないでいるわけにもいかない。

なるべく気のないことがわかるように、そっけない短い文面を作った。すぐに返信するのも気を持たせるようで躊躇《ためら》われ、本音は早く返信して終わらせてしまいたかったけど、三日待ってから大林にメールを送る。

『この間はごちそうさまでした。またお仕事でお会いすることもあるかもしれませんが、その節はよろしくお願いします。』

絵文字も使わないし、きちんと「仕事」という単語を入れた。これで終わりにできるだろうと思ったのに、返信のメールはすぐにきた。

『この間はすごく楽しかったよ。同じ町内だったり、横浜や猫が好きだったり、共通点が多いことにもびっくり！　今度マジメにご飯食べに行かない？　市内にどんぐりハウスっていうおいしいステーキハウスがあって。この間は車で来てたから飲んでなかったみたいだけど、本当は飲めるんでしょ？　言ってくれれば、車で迎えに行くよ。帰りは代行使えばいいし。取り締まりが厳しくなってから代行、すごく安くなったからね。うちまでだいたい、なんと三千円あれば帰れちゃうから、全然気にしないで。』

　携帯を持つ手の力が抜けた。

　これでは、また返信しなければならない。どうして空気を読んでくれないのだろうと苛立ちながら、今回も一日以上時間をおいてからさらに短く返事を書いた。

『毎日仕事が遅くて、約束できません。ごめんなさい。』

『気にしなくていいよ！　時間ができたらいつでも、その日でもいいんで電話ください。オレも忙しかったら断るし。土日だったら暇？　横浜、いつでも案内するよ。』

　猫の写真が添付されていた。

　下に敷かれた毛玉だらけの毛布に、猫の白い毛がくっついて汚れた様子が生々しかった。直視できない。画面を閉じ、とりあえずこれで返事をしなくてもよくなったことに安堵《あんど》する。

　しかし、しばらく経って、こちらからは連絡などしていないのに、またメールがきた。猫の写真がまたついていた。この間とは別のものだ。

『実は、今日はうちのソラの誕生日です。誰にも望まれずに生まれてきてしまったソラですが、オレが拾ったその日も小さく震えていました。今日も誰にも祝ってもらえないだろうけど、もしよければ、今日、空を見る時があったら、空に向けて、彼に、おめでとう、と声をかけてあげてください。拾ったあの日も、今日のようないい天気でした。』

モテない男たちは何故、犬だの猫だのの写真を送ってくるのだろう。

女はすべて、小動物や子供を見たら無条件に「かわいい」と言わなければならないのだろうか。私は子供も嫌いだった。結婚した友達の家に遊びに行くたび、横で騒ぐ子供を見てうんざりする。口に出せば極悪人のように責められるだろうから、絶対に言ったりしないが、正直、勘弁して欲しかった。

大林のメールは、それからもずっとそんな調子だった。何度朋絵に相談しようと思ったかわからない。

まったく返信しない、ということも考えたが、合コンを持ちかけてきた石蕗町の共済担当者は今も頻繁に事務所に出入りしている。大林が彼に私のことを話しているかどうかはわからなかったが、完全に無視することはできなかった。いつ、大林が共済の部署に異動になって仕事で関わることがないとも限らない。最初の食事の誘いのように、明確に返事を期待するメールの時には、必要最低限に短いメールを打ち返し続けた。

仕事で失敗したり、気持ちが疲れると、ごく気まぐれに大林の顔を想像してみる時も、あることはあった。実際には一度会っただけの大林の顔は平凡で、思い出そうとしてもよく覚えていなかった。可能性にかけるように、ひょっとしてそう悪い顔でもなかったのかもしれない、と思い込もうとしたこともある。

横浜に行こう、と誘うメールの調子は、きっと惰性《だせい》的に控えめになっていくだろうと期待したのに、予想に反してますます強引になった。礼儀知らずになりたくないだけだったのに、一度隙を見せるとどこまでも踏み込んでこようとする態度に、泣きたくなるほどだった。

誘いを受けることにしたのは、いつまでも続くその流れをこれで最後にしたかったのと、うろ覚えだった大林の顔をもう一度見ることで、彼と自分に今後の可能性があるのかないのか、きちんと見極めたかったからだった。

4

待ち合わせ場所に現れた大林を見た途端、後悔は始まっていた。

「久しぶり」

手の上げ方がぎこちなかった。着ているニットの胸に、なぜか大きく「Lemon」と書かれていた。何のブランド名でもない意味不明な英単語。これが無地だったらまだよかったかもしれないが、大林は、最初に会った時以上でも以下でもなかった。顔を一目見て、ああ、こういう相手だった、と一気に思い出す。

集合は、現地の横浜駅に直接にした。前日に向こうに嫁いだ友達と会う予定があるのだと嘘をついた。長い道のりを彼とドライブするのはさすがに躊躇われたし、地元では誰に姿を見られるかわからない。

「じゃ、行こうか」

会うなり、さっさと歩き出す。メールではあれだけ口数が多いのに、実際に会えば、私とは目も合わせない。せっかくの休日に、何故、電車を乗り継いでこんなところまで来てしまったのか。スタイルの悪い貧相な後ろ姿を見ていると、ふいに自分がひどく理不尽な目に遭わされているように思われて、どうにも気持ちの持って行き場がなくなる。

大林は、横浜まで車で来たらしい。社会人になってから、遊びに来る際にはいつも利用しているという格安の駐車場に車を停めた、と話した。

「中心部からは離れたとこだから、車取りに戻るの面倒だし、市内の移動はかえって電車やバスの方が便利だよ」

「そうなんですか」

田舎に住んでいると、バスなんて利用することは普段はほとんどない。大林のようないい年をした大人の男が、つり革に摑まって車中で揺られる様子を想像したらたまらない違和感を覚えた。だが、彼の車に二人きりでドライブという図は、もっとずっと抵抗がある。

中華街に向かう電車は、休日だけあって混み合っていた。

「田舎に住んでると大変なんだよな。三十過ぎた頃から、近所もうるさくって」

つり革を摑んで並んで立つと、大林が語り始めた。

「うちのお袋がさ、近所のじいさんやばあさんから聞かれるって、教えてくるんだけど、お前のとこの息子は役場に勤めてるんだから頭は悪くないだろうに、結婚しないのは身体に問題でもあるのかって、噂されてんだ。ったく、冗談じゃないよ。これだから田舎は」

笑いながら言う声に、私は曖昧《あいまい》に「へえ」と頷いた。それが事実だとすれば、私もまた、周りからどんな言い方をされているかわからない。少しも笑えなかった。

「うちの消防もさ、ほとんど全員結婚してるか、バツがあるからさ。まったくの未婚はオレが最後なんだよ。昔は、お前が真っ先に片付きそうだって言われてたのに、わからんもんだよね。誰かが結婚するたび、嫁さんのお披露目会があったり、結婚式で消防の連中みんなで余興したりするんだけど、オレはいつも祝う専門でさ。早く祝わせてくださいよって、後輩からよく言われるんだ。だけどまあ、こればっかりはねえ」

時間が経つにつれ、調子を取り戻したのか、大林はよくしゃべるようになった。聞いているこちらが恥ずかしくなるような明け透けな物言いに、「そうなんですか」と相づちを打つ。どれだけ後悔したところで、もう今日一日は彼と一緒に過ごさなければならない。

「余興ってどんなのするんですか」

「女性の前で言うことじゃないんだけど、花嫁点検っていうのがあってさ。消防ならではだよね。新婦の誰々は、中肉、中背、腰まわりのキレがよく、新郎の誰々くんが乗車の際にはどうこうでって、二次会になれば下ネタだよね」

にやっと笑う口元に鳥肌が立った。田舎の男連中の余興に品がないものが多いことくらい、これまで様々な披露宴に呼ばれ、すでに承知していたはずだったのに、わざわざ聞くんじゃなかった。女性を気遣う前置きをしながらも、仲間内の親密ぶりを自慢げに話す様子に辟易する。それで、シャレがわかるように見せているつもりなのかもしれない。

目くじらを立てるのも興ざめになるし、さりとて朋絵のようにはしゃいだ声で一緒に笑うような真似も私にはできなかった。黙ってしまうと「あ、これは失礼。ごめんごめん」とさすがに謝ってきたが、調子はごく軽く、悪気などまるでなさそうだった。

混み合う車中で並んで立っていると、ニットから出た大林の手の甲がうっすらと毛深いのが見えた。近い距離で、くっきりと筋が引かれたように刻まれた皺《しわ》や肌の汚さが確認できてしまい、横に立つ自分が惨《みじ》めになる。

途中の駅で人の乗り降りがあり、私たちのすぐ後ろに女の子が二人立った。朋絵をもう少し若くしたような学生風のおしゃれな子たちで、つり革に摑まりながら、片方がスターバックスのロゴが入った飲み物をストローで吸い上げていた。

おしゃべりに興じる彼女たちの方をぼんやりと眺め、再び反対側を向こうとしたところで、急に、大林が動いた。彼女たちの背後から「あのぉ」と声をかける。

「こぼすと危ないんで、きちんと持っててもらえます？　車内で飲食してることは大目に見ますから」

「はい？」

私は驚いたが、女の子たちはさらに驚いていた。大林の鼻息が荒い。声が微かに上ずっていた。透明なカップには、氷と、中味が半分以下。

「あ、はい。すいません……」

やがてした二人の声は、どう聞いても反省したわけではなく、こちらと関わることを避けてのものだった。満足げに頷いた大林が、無言のまま彼女たちから離れた。私の横に戻って「オレ、ああいうのほっとけないんだ」とため息まじりに言う。

顔から火が出そうだった。振り返ると、彼女たちの片方がちらりとこっちを見て眉をひそめている。慌てて顔を伏せた。後は見なくてもわかる。不愉快そうに顔を見合わせた彼女たちが「注意されるほど、入ってる？」とか、「何、あの男」と囁く声までがリアルに想像できる。

車内の視線は、明らかに私たちに集中していた。大林はそれを意に介すどころか、むしろ誇らしげで、白々しく「そういえば、どこに行きたい？」と、私に向けて、話題を転じた。

肩を小さくして俯《うつむ》きながら、私は本当にどうして来てしまったのだろうと、何度目になるかわからない激しい後悔に身を焼かれていた。まだ行きの電車の中なのに、帰りたくてたまらない。早く、目的地について欲しかった。

次の駅で、人がまた降りる。

「座ろう」と促されて、前の座席に座ると、さっきまで背中合わせだった女の子たちも、向かいの席に座った。あまりの気まずさにまた下を向きかけると、彼女たちの元に二人組の男の子が寄っていく。それを見て、「あっ」とさらにいたたまれない気持ちになる。混み合っていた車内で、連れと分かれて立っていたらしい。

彼氏たちに向け、彼女たちの声が小さく、何か言っている。彼らがこっちを見るのがわかった。背が高く、姿勢がまっすぐで、皺も髭も見えない男の子の、若くきれいな顔がこっちを見ている。

横の大林が、何を思ったかわからない。私はそれきり前が向けなかった。

案内された中華街の店で昼食を一緒に食べた後、「急用ができた」と、不自然に思われることを覚悟で、一人、駅に戻った。追いかけてこようとする大林をどうあしらったか、覚えていない。

家に帰る電車の中で、これまで、彼のことで朋絵に相談などしなくて本当によかったと、情けなく安堵した。

翌日、案の定、大林からメールがあった。

『おばあちゃんの具合は大丈夫？　急に入院したなんて、ものすごく心配だね。昨日は残念だったけど、まだまだ案内したい場所がたくさんあるんだ。すごく楽しかったし、あそこの肉まんと餃子の他、エビチリも――』

途中で読むのを止め、真剣に振り切ることを考えた。

返信はしなかったし、携帯の番号とアドレスも変えた。完全に目が覚めたのだ。大林とは、それっきりだった。

5

火事の余韻に怯《おび》える母には、また、今日の帰りに寄る旨を伝え、午後は事務所に戻ることにした。

再びジャージを羽織り、現場の林の中に入ると、大林の姿は消えていた。代わりに、彼から何かを言いつかったらしいさっきの後輩二人が、焼け跡にしゃがみ込んで作業を続けている。

うちの課長は、まだ戻っていなかった。乗ってきた事務所の車で昼食に行ったのだろう。

立ったままぼんやりと、かつてはよく遊んだ神社を眺めていると、消防団の法被を着た片方が「なあ、バックドラフトってまだ引退しねえの」と仲間に囁くのが聞こえた。

そっと、彼らの顔を窺う。合コンの席では見なかった顔だ。軍手をはめた手を真っ黒にして何かを探しながら、話しかけられたもう片方が「しないだろ。命かけてるもん」と揶揄《やゆ》するように笑った。

「張りきりすぎなんだよな。バックドラフト、独身貴族だし、ここしか楽しい場所がないんだろうけど、付き合わされる身にもなって欲しい」

「だいたい、今日だって仕事どうしたんだよ。オレたちみたいに自営だったら問題ないけど、バックドラフトは」

「休んだって話だよ。日があるうちはこっちやって、夜、残業扱いになる時間から出てくつもりらしい」

「マジかよ⁉　その残業代ってオレらの税金なんじゃねえの。役所ってそんなことでいいの」

「むしろ名誉って感じだったよ。朝から晩まで働きどおしだって、お疲れ自慢してた」

「さすが。バックドラフト」

あの映画のタイトルがあだ名なのだと、すぐにわかった。

彼らとともに笑うことだってできるはずなのに、息が詰まってうまく呼吸できない。彼らから離れ、昨日の火事で水を汲み出したという神社のお堀の前に立つ。覗き込むのは久しぶりだが、水かさが確かにだいぶ減って見えた。

うちの父も、消防団に属していた。まだ、ここに詰め所ができる前のことだ。毎年、年末にこのお堀の水を抜き、清掃活動に勤《いそ》しむ父たち消防団の様子を、私はずっと見ていた。冷たい水に手を真っ赤にし、白い息を吐く姿が痛々しく、大変そうだった。もともと人付き合いの得意でなかった父は、引退が許される三十五歳を過ぎた頃、消防団をすぐに抜けた。

「ああ、お疲れさまです。バックドラフトさん！」

振り返ると、さっきの後輩たちが戻ってきた大林に手を振っていた。目を瞬く私の前で、大林が揚々と手を振り返し「おう。お疲れさん！」と声をあげる。

陰のあだ名ではなく、面と向かってそう呼ばれているのだ。そしてそれを歓迎さえしているのだと思ったら、さっきとは別の息苦しさに襲われた。そのまま、大林の視線がこっちを向く。目が合ってしまった。

私は小さく、頭を下げた。

午前中から気づいていたくせに、大林が驚いたように「ああ」と頷き、こっちに歩いてくる。あまりに予想を裏切らない態度に、心の底からがっかりした。彼は多分、私に話しかけられるのを待っていたのだ。

「どうしたの、笙子ちゃん。こんなところで。久しぶりだね、元気だった？」

「公有建物災害の調査で――」

答えながら、こんなやり取りに何も意味がないことに、私は気づいていた。最初に知り合った合コンの席で、私は自分の仕事内容について説明していた。火事の際には現場に出向き、調査に入るということ、前回の火事できつく臭いが染みついた制服をクリーニングに出したことを話すと、火事場の臭いは独特だよね、と大林も大きく頷いていた。忘れるはずがない。

ふっと、その時、ある考えが頭をよぎった。

火をつけたのは、大林なのではないだろうか。

消防団の、詰め所の火事。よりにもよって、私の実家の真向かいで起こった公有建物の災害。

有名な、八百屋お七を思い出す。寺小姓に恋したお七が、火事になれば寺に逃げ込み、彼に会うことができると放火した話。これは、その白けた現代男版なのではないだろうか。

だからこそ、狙われたのは公有の詰め所だったのではないだろうか。メアドも携帯番号も変えてしまった私と、自然な形で再会するため、私をここに来させるために。

背筋がぞくりと騒ぎ、肌が粟立《あわだ》つ。

火事という非常事態を楽しむように顔を輝かせた大林が、法被の襟元をぴんと正す。その下に着ているであろうダサい私服は、今日は確認できなかった。

「また会うなんて思わなかったな」

わざとらしくかけられた声が、そばにいる後輩に聞かせるためのもののように感じた。言い方に、微かな男女の決まり悪さを滲《にじ》ませる。実際には、関係など何もなかったのに。興味深げに背後の後輩団員たちがこっちを窺う視線に、耐えられなかった。

課長の車が、神社の林に戻ってくる。まだ話を続けたそうにしている大林に「失礼します」と断って、足早に車まで歩いた。背を向けても、彼の目が、私の背中と足を追っているのがわかる。ストッキングの足が、煤になでられたようにちりちりと嫌な力を孕《はら》んで緊張していた。

6

大林が警察に逮捕されたのは、詰め所の火事の一ヵ月後だった。公民館の納屋に放火したのだ。

現役の消防団員――それも公務員の呆れた不祥事のニュースは近所中を駆け巡り、報道より早く、私のところにも母から電話がかかってきた。

「あんた、大変だよ。まったくもう、信じられないね、あの息子がそんな。しょうちゃん、大丈夫？　変なことされてない？」

「大丈夫」

呆然としたまま、母の気遣う声を聞く。疑惑はあった。大林の名前こそ出さなかったが、実家の両親には、十分に火の元や戸締まりに注意するように言ったし、私も心配して実家に戻ることが増えていた。一人暮らしを心細く思うようにもなっていた。

だけど、まさか――。

うちの事務所でも、もちろん大騒ぎになった。朋絵はもちろん、課長も現場で一度大林の顔を見ているし、何より、火をつけた場所はまたしても公有建物である公民館だ。

「なんでまたよりにもよって」

絶句する同僚たちの前で、私は自分だけがその理由を知っているのだと、震えながら確信した。

報道によると、深夜、公民館の納屋にガソリンをかけ、火を放っているところをたまたま物音に気づいた近所の人に発見され、取り押さえられたらしい。今回の火事は、小火で消し止められた。大林は先月の詰め所の放火についても容疑を認めている。

放火の動機については、まだ何も口にしていない。

もどかしい思いで、私はニュースを聞いた。彼がいつ私のことを持ち出すのか、気が気じゃなかった。もし彼が語れば、新聞やテレビは、全国規模でこの男版八百屋お七を興味本位に書きたてるだろう。愛しい女恋しさに行なった、とんでもなく割りに合わない犯罪について、報じるだろう。

想像しただけで、胸が掻《か》きむしられる。

私の元にも当然、取材が来るはずだ。いい年をした男を狂わせたのは、いったいどんな女なのか、と——。朋絵はきっと、驚くだろう。自分も一緒に行った合コンで、先輩が一方的におかしな男に熱を上げられていたのだ。

そこまで考えて、はっとした。

——驚きながらも、真実を知れば、朋絵は多分、私を見直す。

お昼休み、向かい合わせに弁当を食べながら、つい、顔を上げて声に出していた。

「ともちゃん、あのニュース、どう思う？」

尋ねる時、胸が緊張に高鳴っていた。朋絵が「驚きましたよー！」と大きな目をこっちに向けた。

「大林って、あの時、先輩風吹かせて語ってたあの男ですよね？　笙子さんの横に座ってた」

「実はね。あの後も何回か、私、しつこくされてて……。ともちゃんにだから、話すんだけど」

「嘘⁉　笙子さん、連絡先教えたの？」

「ううん、職場のパソコンだけでごまかした。携帯は教えてない。共済担当の人通じて、連絡してきたりとか」

私のことを気に入った、と役場の共済担当を通じて、大林が私への伝言を頼む。想像したら、いかにもありそうなことだった。携帯でメールのやり取りをしたこと、横浜に行ったことを知られたくない一方で、しかし、大林のことは、もう胸の中だけにとどめておけなかった。

「ずっと返事をしてなかったら、この間、詰め所の火事のときに現場で会って。久しぶりですねって声をかけられた」

「ちょっと、やだ。何、それ」

朋絵が目を見開く。私は続けた。

「あの人、仕事を休んでまで現場を片付けてた」

「詰め所って、笙子さんの実家の向かいなんでしょ？　……怖い。それじゃ、ストーカーみたい。ねえ、ひょっとして、あの男が火をつけた理由って」

朋絵がはっとしたように居住まいを正す。私は慌てて首を振った。

「わからない。何もわからないから、滅多なこと言わないで、ともちゃん」

「でもさ、あいつ、笙子さんの仕事知ってるし、二回目に火をつけたのも公有建物でしょ？　笙子さんに会いたくてやったんだよ。うっわあ、キモイ。笙子さん、なんでもっと早く教えてくれなかったの」

「だって怖いから……」

警察に言った方がいいよ、という朋絵に、考えさせて、と首を振る。放っておいても、大林が自供するのは時間の問題だろう。

母のことを考えた。

口止めはしなかったから、今頃、近所の人たちに私のことを話しているかもしれない。あの事件の犯人は、うちの娘のために火をつけたのだ、と。それを聞く近所の人の表情までもが、ありありと思い浮かぶ。

だけど、その時だった。

「うっわあ、私だったら絶対嫌。恥だもん」

「え？」

「笙子さんが言えなかった気持ち、わかるよ。あんな男となにかあったなんて知られたら、生きてけないもんね。げえって感じ」

「なにかあったって――、何もなかったって言ったでしょ？」

きちんと話したはずなのに、大雑把《おおざっぱ》にしか話を聞かない朋絵に苛立つ。しかし、朋絵は「そうだっけ？」と首を傾《かし》げ「でも知られたくないよねえ、絶対」とさらに言った。

「あの飲み会の後で聞いた話だと、大林って本当に勘違い男で、変なアダ名つけられてるのに喜んでたり、たいしたことない自分の自慢話も相当なんだって。後輩がみんな立ててあげてるのに気づかないの。私の友達も、迷惑してた」

「友達？」

友達って、誰だ。朋絵が「あ」と気づいたように声を上げ、「あの時いた役場の」と答えた。

「誰？　どの人？」

「わかるかなぁ。作業着のまま来てた人で、ちょっと髪が長めの。連絡先交換して、あれから何回か飲んでるんだけど、意外にいいヤツなんですよ。この間、お互いの友達連れて、南方渓谷《みなかた》まで釣りに行ったりして。これまでバス釣りしかしたことないって言ったらバカにされたから、じゃ、連れてってよってことになって」

「そんなことになってたの」

「え？」

「興味ないかと思ってた。ともちゃん、くだらない飲み会だったって言ってたから」

胸の底が、ざわざわと騒ぐ。朋絵があの場で番号交換をしていたなんて、まるで気づかなかった。十把一絡《じっぱひとから》げのように見えたあの場の男たちの中に、朋絵は次に繋《つな》げたいと思うような当たりの男を見つけたのか。作業着姿だというだけで、満足に顔を確認しなかったことが悔やまれる。手の中に汗をかいていく。

「釣り、行くなら教えてくれればよかったのに」

「だって、笙子さん年下嫌いでしょ？」

口元が引き攣《つ》って、それ以上、何も言えなくなる。と同時に、さっきまでの興奮が潮が引くようにさっと醒めていく。

何もない。大林となんか何もなかったのに、世間の大雑把な人たちは、朋絵のようにざっとしか話を処理しようとしないのだ。だとしたら、私は向こうから一方的に好かれただけなのに、何かあったと思われるのか。

大林の毛深い指を思い出したら、背中にぞっと鳥肌が立った。

どうして話してしまったんだろう。猛烈な後悔に襲われる。今すぐにでも実家に電話して、母に大林とのことを口止めしたくなる。朋絵だって誰に言いふらすかわからない。

この間母が持ってきた公認会計士との見合い話は、写真で見た相手が小太りで、しかも、とても自分と同じ年には思えないほど老けて見えたため、会わずに断ってしまったが、この先、同じような話はきっとある。その時に、大林とのことを勘繰《かんぐ》られるとしたら冗談じゃない。それどころか、見合いの話自体、来なくなるかもしれないのだ。

頬が熱くなる。

私は何もしていないのに。いてもたってもいられなかった。

帰り道、大林の事件記事が載った新聞を、コンビニで買い漁《あさ》った。どれもまだ、動機については書かれていない。今朝のニュースと同じだ。いつ、語り出すのだろう。あの男と関係がないはずの私が、それでも注目を浴びる羽目になってしまうのはいつなのだ。

頭がおかしくなりそうだ。

動機の掲載がまったくない新聞を一つ一つ読みながら、いっそのこと、もう、早く話してしまって欲しいとすら思う。

大林の、こっちを振り向かない法被の背中を思い出す。

勝手に私を好きになったくせに、どれだけ図々しいのだろう。何故、こんなに私を振り回すのだろう。公有建物ばかり狙って、二軒も、火までつけるなんて。


大林の放火の動機は、翌日の朝刊に掲載された。


『ヒーローになりたかった』

石蕗南地区消防団の団員が消防団施設および石蕗町公民館への非現住建造物等放火容疑で逮捕された事件で、同町役場水道課職員大林勇気容疑者（38）は県警の調べに対し「ヒーローになりたかった」と供述していることが、十五日、捜査関係者への取材でわかった。

大林容疑者は「火事が起きれば出動でき、地域の役に立って感謝される。けが人を出すつもりはなく、人のいない建物を選んだ」とも供述。


記事には、私のことも、身勝手な恋のことも、一言も出ていない。

何度も、何度も、くり返し読むが、出ていなかった。どこにも私の存在を感じさせるものがない。呆気に取られ、それから、猛烈な怒りがわいてきた。新聞を丸め、思い切り手近の壁を殴りつける。ふざけるな、と声が出た。今更何もないなんて。

壁を殴った手に、少し遅れて痺《しび》れが伝わる。悔しくて、涙が出た。私のためにやったんじゃないのか。しわくちゃになった手の中の新聞を放す。ひょっとしたら、今回大林が語ったヒーローになりたいという動機は建前で、今後、私のことを話す時は、まだ来るのかもしれない。あの勘違いした男は、私を庇《かば》ったくらいの気持ちでいるのかもしれない。けれど、そうやって後日話す動機には、もう最初のインパクトはない。そのインパクトが失われたまま、私だけが傷つけられる結果に終わるのだ。すっきりと終わらせてしまいたかったのに、私は、今後もあの男に話されたらどうしようという不安だけが依然として残されたまま、放り出されるのか。

今日、職場に行ったら、朋絵に「大林の動機、笙子さんに会いたいからじゃなかったね」と言われるかもしれない。あの無神経な子は、私に直接、そこまで言ってくるかもしれない。そうなったら、私は「そうみたいね。私も驚いた」とあっさりした、大人な態度を貫けばいい。そしてもう二度と、あいつの話をするのはやめよう。

どうしてだろう、と歯を食いしばる。

どうしてだろう。私には、どうしてこんなものしか、こんな男しか寄ってこないのだろう。朋絵に、釣りに行ってもいいと思わせるぐらいだったレベルの男が、確かにあの場にいたはずなのに、何故、私はそういう相手と巡り会えなかったのだろう。これからどうすれば出会えるのか、想像もつかなくて途方に暮れる。

ああ、恥だ。ついていない。ため息が出た。

贅《ぜい》肉《にく》

小池真理子

小学生のころ、私は慶子《けいこ》という名のクラスメートと親しくしていた。慶子は校内でも一、二を争う金持ちの娘だった。高級住宅地にある大きな屋敷には、住み込みの家政婦が二人もいた。

金持ちの娘によく見られるように、慶子は扱いにくいわがまま娘で、そのうえ、貧しい家庭の子供とはつきあおうとしなかった。彼女が私という人間を親友に選んだのは、私の家庭もまた、裕福な、恵まれた家庭だと彼女が判断したからに過ぎない。

他の女の子たちは、「どうしてあんな人を親友にしてるの？」と陰口よろしく私に聞いてきたものだが、私はいつも笑ってごまかしていた。誰と友達になろうと、大差はないと思っていたし、慶子のわがままを食い止めて、御機嫌をとり、うまく彼女を操ることに喜びを覚えていた私は、私なりに自尊心を満足させてもいたのである。

だが、誰にも言わないことだったが、私が慶子から離れなかった理由はもう一つあった。おかしな話なのだが、私は慶子の母親が大好きだったのだ。

私はほとんど毎日のように、学校の帰りに慶子と共に彼女の家に行った。料亭の玄関を連想させる、御影石《みかげいし》の敷きつめられた広々とした玄関を開けると、いつも初老の家政婦が迎えに出て来る。私は慶子と一緒になって、家政婦にランドセルを手渡し、わくわくしながら慶子の後について茶の間に入る。

十畳ほどの茶の間……日当たりのいい庭に向かって上等の和紙が貼られた障子が並び、真ん中に大きな掘炬燵《ほりごたつ》のある部屋……に入って行くと、「お帰り」と陽気な声がかかる。「さあさあ、炬燵にお入りよ、二人とも。寒かったろう？　今すぐ、熱いココアをいれさせるからね」

慶子の母親は病的な肥満症だった。体重は百キロ……いや、それ以上あったかもしれない。単なる肥満と言うよりも、存在それ自体が病気を連想させるところがあった。顔は醜くはなく、少し痩せれば美人の部類に入りそうなほどだったが、女としての美醜の問題を超えたところで、彼女は巨大な肉の塊にしか見えなかった。

頑丈そうな赤い革の座椅子の上で、慶子の母親は掘炬燵に突っ込んでいた手を「よっこらしょ」という掛け声と共に上げ、家政婦を呼ぶための呼び出しベルを鳴らす。その手は、グローブのようにふくれており、太りすぎて抜けなくなった結婚指輪がはまった左手の薬指は、血のめぐりが悪くなっているのか、赤黒くくすんで見えた。

「さあさあ、あんたたち」と母親は、やって来た家政婦にココアを三つ、持って来るように言うと、にこにこして私や慶子の顔を眺めまわす。「お腹が減ったろう？　今日はカステラがあるんだよ。ドーナッツもあるけど、どっちにする？　おやおや、二人ともどうしたっていうの。テストの結果が悪かったの？　気にしないでいいよ、そんなもの。お母さんはね、ここでこうしてじっと座って、子供たちの元気そうな顔を見てるだけで幸せなんだから。テストが零点だって、かまうもんか。そうそう、ゆうべお父さんがおみやげに買って来てくれたチョコレートもあったんだっけ。さあ、お母さんもおやつにしよう。あんたたちが帰って来るのを楽しみに待ってたんだよ」

それから、茶の間の掘炬燵の上では果てしのない饗宴《きょうえん》が始まる。慶子の母親は、次から次へと甘いものを口に運んだ。太った人間がさらに甘いものを食べ続けた場合、その内臓にどんな変化がおこるものなのか、子供だった私にわかるはずもない。私は、彼女がぴちゃぴちゃと音をたて、うまそうにカステラや饅頭《まんじゅう》を飲みこんでいくのを見ているのが好きだった。実際、食べ物をあんなにおいしそうに食べる人とは、私は以後、お目にかかったことがない。飢えた犬のようにガツガツ食べるのではなく、少しずつ、長い時間をかけて目の前に並べられたお菓子をたいらげていくのである。そんな彼女を眺めていると気持ちが穏やかになり、いやなことを忘れることができた。

いつから慶子の母親がそんなふうになったのか、私が慶子に訊ねたことは一度もない。慶子もまた、母親の病気については何ひとつ言わなかった。

「うちのお母さんは太ってるけど」と言うのが、彼女の口癖だった。「あたし、お母さん、大好き。世界で一番好き」

いいお母さんだものね、と私は相槌《あいづち》を打った。それはお世辞でもなく、お愛想でもなかった。私は心から慶子の母親をいい人だと思っていた。彼女は根っからの享楽主義者だった。私は慶子と共に、日当たりのいい南向きの茶の間の掘炬燵に足を突っ込んで、慶子の母親が菓子袋を次から次へと空にしていきながら、私や慶子に優しい言葉を投げかけてくれるひとときを何よりも大切に思っていた。

何故、こんな話をしているかと言うと、私は今でも、自分の姉が慶子の母親のような女だったら、と思うからである。姉が慶子の母親のような女であったなら、私はこれほど苦しまなかったに違いない、と思うからである。

姉が無限の食欲にかられながら、日毎夜毎にふくれあがっていくだけの、抑制のきかない、ただのおデブさんだったとしたら、私は姉を愛することさえできただろう。素敵なおデブさん、と呼んで、姉の見事な食欲をうっとりしながら眺めていたかもしれない。

だが、姉は慶子の母親のような女ではなかった。食べたいものを食べたいだけ食べ、夫を愛し、子供を愛し、生涯、茶の間の掘炬燵に足を突っ込んだまま、やって来る人々に優しい言葉を投げ続けた慶子の母親のように、心の広い人間ではなかった。

姉の肥満は、歪《ゆが》んだ精神から生まれたものだった。さらに言えば、誰しもがぶつかる人生のちょっとした壁を乗り越えられなかった、ひ弱さから生まれたものだった。

自分が悪いのよ、と私はいつも一人になると毒づいていた。これまでお嬢さん育ちでやってきて、美貌と才能に恵まれて、何一つ不自由のない生活をしてきたものだから、あんたは、逆境に耐えられなくなっただけなのよ、と。

それでも私は姉を殺そうなどと、思ったことは一度もない。このことだけは誓って言える。姉が憎かったし、姉の肥満に嫌悪感を抱いていたことは事実だ。だが、殺そうなどという考えが浮かんできたことは正真正銘、ただの一度もない。

だとしたら、あれは何だったのか、と今になって不思議に思う。あれは私自身の心の歪みが引き起こしたことだったのだろうか。私のほうが、姉以上に歪んだ心を育《はぐく》んでいたということなのだろうか。

姉の葉子《ようこ》は私よりも三年早く、この世に生を受けた分だけ、私の三倍、両親の寵愛《ちょうあい》を受けて育った人だった。姉は父が四十、母が三十四の歳に生まれた待望の子供であり、「小笠原《おがさわら》楽器」の二代目社長だった祖父が急死して三代目社長に就任したばかりの父にとっては、全財産を投げ出しても惜しくはない愛娘《まなむすめ》だった。

父は、仕事の大半を部下たちに任せきりにし、姉を遊園地に連れて行ったり、姉のために金箔入りのアルバムを用意して、夥《おびただ》しい数にのぼる姉の写真を整理したり、親子で旅行に出かけたり……と、異常なまでの溺愛ぶりを示したようだ。

姉はそれこそ天使のように可愛い子供だった。父も母も、決して端整とは言えない顔だちだったから、姉の可愛らしさ、美しさは突然変異だったとしか言いようがない。残されたアルバムは姉の分だけでも十冊以上にのぼるのだが、どのページをめくってみても、両親の愛に包まれて幸福そうに笑っている、美しい姉の顔が並んでいる。

むろん、私は自分が望まれずに生まれてきてしまった不幸な子供だった、と言うつもりはない。「あんたをみごもったと知った時、どんなに嬉しかったか」と言うのが、母親の口癖だった。「葉子を育ててみて、育児にも自信がついた時だったし、できれば二人目の子供が欲しい、と思ってたところだったのよ。でも、お母さんはその時もう、年だったしね。子供はもう産めないんじゃないか、って半分、諦《あきら》めてたの。そしたら、神様があんたを授けてくださったのよ」

そう。父も母も、私が生まれてきたことを心から喜んでくれたはずだった。その証拠に、姉ほどではないにしても、私専用のアルバムが数冊残されているし、私自身の幼いころの記憶の中に、姉の葉子と差別されて育てられたという苦い思い出は一切ない。

父も母も、教育ということに関しては非常に熱心で、しかも公平な考え方をもっている人間だった。着るものひとつにしても、私は姉のお下がりを無理矢理、着せられたことはなかったし、三歳年下だからという、それだけの理由で、父の外国旅行のおみやげを減らされたこともなかった。私は姉同様、両親に愛されていると信じていた。その事実を疑う理由は何もなかったし、実際、そうだったに違いない。

とはいえ、私と姉とはあらゆる点でことごとく対照的だった。勉強が苦手で、ことに算数と理科が泣きたくなるほど嫌いだった私とは違い、姉の成績は常にクラスでトップだった。五段階評価の通知表に、体育を除けば、4の数字が見られなかったことも二度や三度ではない。姉は海綿のように新しい知識をのみこみ、素早く応用し、持ち前のカンの良さで短時間にそれらを自分のものにしていく子供だった。

おまけに彼女の美しさは群を抜いており、その人柄のよさ、長女にありがちなのんびりとした性格が二重に功を奏してか、学校ではいつも人だかりがするほどの人気者だった。クラス委員長には毎年選出され、小学校六年の時には、児童会の会長にも選ばれた。

「葉子ちゃんはほんとにいい子ね。賢くて、おまけに美人で」

親戚や知人が集まると、たいてい姉に対するこうした褒《ほ》め言葉が飛び交った。中には「葉子ちゃんは天才かもしれない。今に歴史に名前を残すようになるよ」などと言う者もいた。

姉に対する褒め言葉を聞かされ、それに対して愛想よくうなずき続ける、というのが私の役割になった。姉と同席していると、誰もが姉のほうを見、誰もが姉のことを話題にしたわけだが、そうさせたのは私のほうだったかもしれない。私は誰かが気を使って、姉ではなく、私のことを話題にしようとしたり、私のことを褒めようとしてあれこれ言葉を探そうとしているのを見つけると、惨めな気持ちにかられた。同情され、適当なお愛想を言われるくらいだったら、まったく自分が話題に出ないことのほうが遥かにましだった。

だから、そんな時、私はすぐにつまらない冗談を言ったり、わざとお茶をこぼしてみせたりしながら、人々の関心をそらせようと努めた。私が「わあ、お母さん。お茶、こぼしちゃった」などと騒いでいるうちに、人々の話題は再び姉のほうに移っていくのだった。

姉は一度も、妹である私に気を使ったことはなかった。かといって、私を邪険に扱ったこともない。それどころか姉は私に、無防備とも言えるほどの全面的な信頼をおいていた。テストで百点を取ったことや、クラスの担任の教師に褒められたこと、同級生の男の子からラブレターをもらったことなどを彼女が屈託なく、無邪気に自慢する相手は、常に妹である私だった。

人々の自分への称賛を上気しながら聞き入っている時の姉の横顔は、きれいだった。ぱっちりとした二重の目、長く黒い睫《まつげ》、かすかに上を向いた可愛い鼻、ふっくらとした唇……そうしたものが一切、私の顔の中に見つけられないとわかっていながら、私は姉の美しさに嫉妬したことはない。まったく、子供のころから、姉の可愛らしさ、美しさは驚嘆に価するものだった。自分ごときが競争心を持ってもどうなるものでもない……そうした諦めが初めから私の中にあったような気がする。

だが、順風満帆の人生を歩くはずだった姉にも、やがて避けがたい試練が訪れた。母の死だった。突然、発病した癌で呆気なく母が他界した時、姉は大学に入学したばかりで、私は高校一年生だった。入院先の病院から、母が危篤状態に陥ったという知らせが入り、私や姉が病院に駆けつけた時、すでに母はこの世の人ではなかった。

姉は錯乱状態に陥り、ヒステリーの発作のようなものを起こした。私立の有名音楽大学に現役で合格し、美しさにはますます磨きがかかり、大勢の男子学生からのデートの誘いを断るのに嬉しい悲鳴を上げ、ピアノの才能のみならず声楽の才能も認められ始め、将来は声楽家になろうと固く決めて張り切っていた姉。その姉にとって、母の死は、到底、受け入れることのできないものだったらしい。

姉は病院の暗い待合室で私に抱きつき、わなわなと震えながら言った。「これからあたし、どうしたらいいの。お母さん、いなくなっちゃったのよ。もう戻って来ないのよ。あたし、死んじゃいたい。怖いわ。どうしたらいいのか、わかんない」

なだめてもなだめても、姉は落ち着きを取り戻そうとはしなかった。姉はショックのあまり、貧血を起こし、冷たいリノリウムの床に黄色い胃液を吐き戻し、それでも足りずに私にしがみついて、赤ん坊のように泣き続けた。

その時、私は自分が突然、偉大な人間になったような錯覚に陥った。私は母の死を悲しんで泣きはしたが、姉のように錯乱してはいなかった。二ヵ月前、母が具合を悪くして入院した時から、私は母の身に何かが起こる、起こってもおかしくはない、と覚悟を決めていたところがあった。私は少なくとも母の死を受け入れようと努力していた。私は姉よりも遥かに大人だったし、姉よりも遥かに冷静だった。

姉をなだめながら、私は自分の人生に光を見たように思った。この人は自分を必要としている。この、成績のいい、きれいな、誰からも可愛がられる、人生に何の不満もなかった人が、自分にしがみつき、自分の助けを求めている。そう思いながら、私は病院の片隅で仄《ほの》暗い喜びに満たされていった。母が死んだというのに、私は泣きわめく姉を抱き寄せながら、勝利の喜びに酔っていたのである。

姉という人が傍にいる限り、自分に自尊心を満足させる出来事は起こるはずがない、と諦めていた私にとって、母の死がもたらした姉の変化は、どれほど心躍る出来事だったろう。

姉は母が死んで以来、人生を悲観し、見るも無残に痩せ衰えていった。せっかく入学した大学も休みがちになり、励ましに訪れる友人たちに対しても、冷淡な素振りを見せるようになった。

十八にもなった人間に、何故、母親の死がそれほど癒えることのないショックを与えたのか、私にもうまく説明できない。だが、両親というものはワンセットになって自分を愛し、守ってくれるものと信じていた姉のような人間にとって、肉親の死は天変地異にも似た出来事だったのかもしれない。ともかく私は姉が痩せ衰え、溜め息をつき、日毎に口数が少なくなっていくのを黙って見守ってやりながら、姉が妹の私を母親の代わりとして身を委《ゆだ》ねてくるのを、内心、わくわくしながら楽しんでいたというわけだ。

もっともあのころの姉は、私なくしては生きられない、というほどではなかった。というのも、姉を案じて、毎日のように電話をかけてくる大学の三つ年上の男子学生が、次第に姉の心をとらえ、姉にかつての自信を取り戻させることに成功したからだ。

その男は高柳《たかやなぎ》という名の、器楽科でヴァイオリンを専攻する学生で、学内での成績も優秀な、なかなか魅力的な男だった。高柳は毎日、青いフォルクスワーゲンで迎えに来て、姉を大学に連れて行き、授業が終わると映画やコンサートに連れ出し、どこかのレストランで夕食を御馳走し、遅くならないうちに家に送り届ける、という絵に描いたように上品な交際をして姉を有頂天にさせた。

亡くなった母の話をする代わりに、姉は帰って来ると高柳の話ばかりするようになった。姉が元気を取り戻したことを誰よりも喜んでいた父は、早速、高柳を夕食に招待し、小笠原家公認のボーイフレンドとして高柳に姉を預ける形をとった。

姉にとって高柳という男は、亡くした母親の代わりを務める、第二の肉親であったのだろう。あれほど美しく、ショックで痩せたとはいえ、痩せた分だけ透明で儚《はかな》げな魅力を増していた姉が、自分に求愛してくる大勢の男子学生の中から、早々と一人の男に的をしぼってしまったことは理解に苦しむが、もともと姉には、ボーイフレンドを取り替えて遊ぶ趣味はなかったらしい。まだ二十歳《はたち》そこそこだったというのに、高柳というたった一人の男に簡単に自分の全将来を預け、そこに何の不安も感じないでいられたのは、姉ならではのことだったかもしれない。

高柳は翌年、大学を卒業し、パリにある音楽学校に留学した。日本を離れる直前、彼がプロポーズらしき言葉をもらしたというので、姉はすぐに父にその話をし、父も何やら慌てふためいて、今後どうすべきか考えていたようだが、結局、時間がなさすぎて、婚約という形には至らなかった。

姉はその後、毎日のように高柳に手紙を書き、夏休みには勇んでパリまで出かけて行った。帰国した日、姉は、私に向かって一晩中、高柳の話をし続けた。はっきりとは言わなかったが、パリで高柳と身体の関係をもった様子だった。姉がパジャマに着替える時、姉のふくよかな胸のあたりに幾つもの黒ずんだキスマークがあるのを見つけた私は、説明しがたい心の粟《あわ》立ちを感じたものだ。

姉は私にそれを見られたのを知ってか知らずか、一層、性的に魅力を増した柔らかな身体をそっと隠しながら、パジャマの前ボタンをはめた。彼女は私などの手が届かないほど高い雲の上にいる天女のようだった。

実際、あのころ、姉が私を唯一の女友達のようにして扱ってくれなかったら、私は姉への羨望と嫉妬のせいで、自分自身をずたずたに傷つけてしまっていたかもしれない。成績が悪かったせいで、高校時代もぱっとしない毎日を送っていた私の唯一の楽しみは、姉が私を頼り、私の助言を求めてくることだった。表向きはおとなしく姉ののろけ話を聞いてやっていた私が、その時、いったいどんな気持ちでいたか、姉は考えたことすらなかったに違いない。私は高柳が疎《うと》ましかった。高柳さえいなくなれば、姉は再び絶望のどん底に陥り、再び自分を母親のように思って頼ってくるだろうと信じた。

時が流れた。私は考え事ばかりして、ろくに受験勉強もしなかったせいで、五つ受験した大学すべて不合格になり、父が最後の手段で用意してくれた多額の寄付金を元に、経営困難で知られていたどうしようもない私立の女子短大にかろうじて入学した。

姉が顔面蒼白になって帰宅し、そのまま玄関先で棒立ちになっていたのは、そんな春の日の夜のことである。

不審に思って迎えに出た私に向かって、姉は「裕美《ひろみ》ちゃん」と私の名を何度か呼んだ。

「裕美ちゃん。あたし……もう、だめになったわ」

「いったいどうしたの」

私は、ひたひたと押し寄せてくる後ろ暗い喜びの予感に満たされながら、淡い桜色のワンピース姿の姉をどぎまぎしながら見つめた。姉が腕に抱えていた声楽の教則本が、数冊、ぼとりといやな音をたてて三和土《たたき》の上に転がり落ちた。

姉は毛先をカールさせた長い栗色の髪を大きく震わせながら、目にいっぱい涙を浮かべた。「高柳さん、あたしと別れたい、って。もう、あたしのこと、愛せなくなったんですって。他に好きな人ができたんですって」

姉の手が私のほうに伸ばされ、助けを求めるように宙を泳いだ。私はあふれる喜びを隠しきれなくなった。もし、あの時、たまたま早く帰宅していた父が玄関に飛び出して来なかったら、私はその場で場違いにも姉に向かって微笑みかけていたかもしれない。

父は「どうした」と言い、冷静さを装いながらも、明らかに動揺して私と姉とを交互に見た。「高柳君がどうかしたのか」

姉はその場でわっと泣きふした。肩にかけていたショルダーバッグが三和土にずり落ち、蓋《ふた》が開いて、パリみやげのシャネルの口紅が顔を覗かせた。

私は父に目配せをし、てきぱきと姉の腕をとった。「お姉ちゃん」と私は囁いた。「二階に行きましょ。話はゆっくり聞くわ」

「たいした詐欺師だったわけだ」一瞬にして事情を飲み込んだらしい父は、誰にともなくそう言い、小鼻を拡げて両手を固く握りしめた。「あの男、このまま黙ってはおけないぞ」

「やめてよ、お父さん」私は言った。「大人げないことするのはやめて。そんなことをしたら、かえってお姉ちゃんが可哀相じゃないの」

父は眉をひそめながら私を見つめたが、何も言わなかった。

大丈夫、と私は小声で言った。「あたしに任せて」

その晩、二階の姉の部屋で私が姉から聞いた話は、想像していたほど酷《ひど》い話ではなかった。高柳という男は、パリ留学中に、たまたま知り合った日本人の女子留学生と恋におち、そのことを姉に打ち明けられずに悩んでいたらしい。姉のことを嫌いになったわけでもなく、かといって、二人の女を天秤にかけて適当につきあっていく度胸も持ち合わせていない……。若い男には、よくある話だった。帰国してからしばらくの間、姉に別れ話を持ち出さずにいたのも、姉があまりに無邪気に彼との結婚を信じていたからだったらしい。

「あんまりよ」と姉はベッドにもぐりこみ、しゃくり上げながら言った。「もう誰も信じられないわ。あたしが何をしたって言うの。あたしは一生懸命、彼を愛してきたのに」

そういうこともこの世にはごまんとある、それが誰しも経験する失恋というものだし、一度や二度、肌を触れ合わせたからと言って、結婚の約束をしたかのように錯覚するのは時代遅れで滑稽《こっけい》だ……そうしたことを姉に言ってきかせたいところだったが、私は黙っていた。私は心のどこかで、この完璧な美しさと才能とに恵まれた、人も羨む若い女が、たった一人の男にふられて泣きじゃくっている姿を意地悪く楽しんでいた。

　これほどの人でも、思い通りにいかないのが人生なのだ。そう思うと、快哉《かいさい》を叫びたい気持ちだった。神は公平だった。神は姉にも私にも苦痛を与えるだろうが、同時に姉にも私にもチャンスを与えるのだ。

　その夜、姉は泣き疲れて眠ってしまうまで私を放そうとはせず、私は明け方近くまで姉に付き添った。翌朝、父は憮然とした面持ちで私に事の次第を聞いてきたが、私は大袈裟なほど陽気に「よくある話よ」と言ってやった。「お姉ちゃん、生まれて初めて失恋したの。まったくお姉ちゃんらしくもないけど、こういう珍しいことも世の中にはあるのよねえ」

　父は笑わなかったが、高柳に対する悪口は言わなかった。父は軽く肩をすくめた後、「御苦労だったね」と私に向かってねぎらいの言葉をかけた。「お母さんが死んで以来、葉子は少し神経が不安定だったようだ。裕美がよくやってくれたからいいようなものの、そうでなかったら、葉子もひどい具合になってたかもしれない。今度のことも含めて、お父さんはおまえに感謝してるよ」

「姉妹が逆転してるわね」と私は言い、微笑んだ。

　そうだな、と言って、父も穏やかに笑った。「裕美は葉子のお姉さんのようだよ。ひょっとして、生まれる順番を間違えたのかな」

その時、父はすでに六十を超えていたが、どう見ても五十代にしか見えなかった。そして、その父が、十五近くも年下の女性と再婚したい、とおずおずと私たち姉妹に打ち明けたのは、二年後のことになる。


かろうじて無事に大学を卒業したものの、声楽家になる夢も捨てて、自宅でぶらぶらしていた姉は、その時すでに、おそろしく太り始めていた。

私は今でも、人間があれほど突然太り出す、ということが信じられずにいる。姉は高柳と別れて半年ほどは、人が変わったようになって物も食べなくなり、正視するのも気の毒なほど痩せ衰えていた。父は本気で心配して病院に行くことを勧めたりしていたが、その後、姉はまったく突然、それまで食べなかった分を取り戻そうとするかのように、すさまじい食欲を蘇《よみがえ》らせた。

姉は朝から晩まで食べ続けるようになった。自分の中の欠落した何かを補おうとして口に入れるものは、夥《おびただ》しい種類に及んだ。ケーキ、パイ、和菓子、チョコレート、あられなどの菓子類はむろんのこと、肉、ハム、チーズ、餅、御飯、麺類、各種インスタント食品に至るまで、およそ人がスーパーで買うことのできるあらゆる食品が、猛烈なスピードで姉の胃袋を満たしていった。

　母が死んでから小笠原の家に通いで来ていた年老いた家政婦は、それまで食の細かった姉が、突然旺盛な食欲を見せ始めたというので、無邪気に喜んだ。家政婦は、姉に請われるままに、山のような食料品を買って来ては、冷蔵庫に詰め込んでいった。そのせいで、姉は夜中でも食べ物に苦労することはなかった。

　深夜、キッチンの片隅で、冷蔵庫から持ち出してきたアイスクリームやハム、チーズ、それにけばけばしい色の袋に入ったポップコーンや砂糖だらけのスナック菓子などを床に拡げ、飢えた子供のようにそれを手づかみで口に運んでいる姉を見るたびに、私はその薄気味悪さに目をそらしたくなったものだ。だが、姉は私がいくら眉をひそめても、父がいくら心配しても、構わずに食べ続けた。

　当然、体重はみるみるうちに増えていった。姉は私や父に体重が何キロになったか、教えてくれなかったから、確かな数字はわからない。だが、ウエスト五十八センチのスカートをはいてなお、ベルトで締めなければ心もとないほど細かった彼女が、市販のスカートのどれもこれも、試着する以前に諦めるようになった、と言えば、その太り方の凄まじさはわかってもらえるかと思う。

　食べることに取りつかれた人間にありがちなことだと思うが、姉はかつての二倍以上に大きくなってしまった自分の胃袋を満たそうとするために、さらに食べ続けていかなければならなくなった。食べ物に対する好みはなくなった。味つけなども気にしている様子はなかった。姉は、なんでも片っ端から食べていった。それは恐ろしい光景だった。

父が私と姉に向かって、再婚の意志があることを告げたのは、そんなある日の日曜日の午後のことである。

姉は父に向かって「あたしは構わないわ」と言い、傍にあった缶入りのクッキーをむしゃむしゃと食べ始めた。父は滑稽なほど照れながら、再婚したいと思っている相手の女性について喋《しゃべ》り続けた。その女性もまた再婚であること、子供はいないこと、会えば必ず、気にいってくれると信じていること、自分が再婚するからと言って、死んだ母のことを忘れたわけではないこと、母は葉子と裕美を生んだ女性として、永遠に自分の記憶の中に生き続けるだろう……などと父は時折、視線を揺らしながら、熱心に私たちに語った。

「いいのよ、お父さん」と姉は半ば投げやりに言った。半分近く食べ尽くしたクッキーの缶をテーブルの向こうに押しやり、彼女はのろのろとキッチンに向かった。そして、冷蔵庫から、ローストチキンを手づかみで持って来るなり、父や私の見ている前でそれにかぶりついた。

「結婚すれば？　ほんとに構わないわよ」

私はチキンの脂が姉の顎を伝って流れ落ちていくのを、げんなりする思いで見つめていた。つい一時間ほど前、昼食にステーキを三百グラムと、付け合わせのベイクドポテトを二つ、それに二人前のチョコレートアイスクリームを食べたばかりの人間が、さらにこれほどのものを胃袋に詰め込むことができる、というのは、考えただけでもおぞましかった。

だが、父は自分のことで精一杯だったのか、姉の異常な食欲に関して、何も言わなかった。

「裕美は？」と父は私におずおずと聞いた。「裕美はどう思う？」

あはは、と私は笑った。「野暮ね、お父さんも。結婚したいんだったら、いちいち私たちの許しを得なくたっていいわよ。私もお姉ちゃんも子供じゃないんだもの。お父さんは好きなようにやっていいのよ」

父は心底、ほっとしたようにうなずき、目を細めた。姉は唇をチキンの脂でてらてらと光らせながら、放心したように口の中のものを飲みこんだ。

「いくらなんでも食べ過ぎよ、お姉ちゃん」父が部屋を出て行くなり、私は静かに言った。「さっきのクッキーだって半分以上、食べちゃったじゃない。そんなに太りたいの？　そろそろウエストが見えなくなってきてるわよ」

「わかってるわよ」姉は骨だけになったチキンをしゃぶり、大儀そうに椅子に腰をおろした。「太ったっていいじゃないの。誰もあたしのことなんか見てやしないんだから」

「何言ってんの。お姉ちゃんは相変わらず美人で通るんだし……でも、もう少し痩せなくちゃ。美人が台無しだわ」

「食べることだけが楽しみなのよ。他になんにも楽しいことなんかないわ。裕美にはこんな気持ち、わからないだろうけどね」姉はチキンの骨を前歯でかりかりと嚙み、やがて諦めたように骨を皿の上に戻した。「あんたはこんな気持ちになったことなんかないんだものね。あんたは幸せ者だったのよ。昔からそう。あたしなんかより、ずっと幸せだったんだわ」

姉の口からそんな言葉が飛び出したとは、信じられないくらいだった。私は見る影もなく太ってしまった姉の、それでもまだ美しさをいくらか残している横顔を見ながら、一瞬、本気で、可哀相に、と思った。子供時代、あれほど光っていた姉の自信は、砂上の楼閣《ろうかく》に過ぎなかった。姉は母を失い、高柳を失って、神経をずたずたにされ、一挙に生きる希望を失ったというわけだ。考え方ひとつで、いかようにも切り抜けていける程度の問題だったはずなのに、姉にはそれができなかった。その代わりに、姉はそのころからもう、とどまることのない食欲の無間地獄の中にはまりこんでいたのである。

父が千代《ちよ》という名の女性と再婚したのは、姉が二十四、私が二十一の時だった。再婚話が出てから結婚するまでの期間が長かったのは、途中で千代さんが病気になり、入院したり手術をしたりして健康を取り戻すのに時間がかかったからである。

千代さんは、さほど美人ではなかったが、いい人だった。若いころ夫と死別して以来、夫が始めた喫茶店を一人で切り盛りしてきた人なのだが、苦労の跡が微塵《みじん》も見えない、明るい陽気な人柄だった。

千代さんは、それまで経営していた喫茶店をたたみ、小笠原家にやって来た。ちょうどそのころ、家政婦が身体を壊して辞めてしまったので、家の中のことはすべて、千代さんが引き受けるようになった。

薄化粧をし、真っ白に洗いあげたエプロンをつけ、きびきびと立ち働く千代さんは、年のわりに若く見え、なかなか素敵だった。そして、家の中を片づけたり、庭の花壇の手入れをしたり、父好みの料理を作ったりしている時の彼女は、傍目《はため》にも微笑ましくなるほど幸福そうだった。

実際、千代さんのおかげで家の中は明るく清潔になった。広い家のあちこちに、千代さん好みの可愛いプリント模様の敷物が敷かれたり、一輪挿しに季節の花が活けられたり、窓辺に小さな観葉植物が置かれたりするようになった。

父が千代さんを愛していたのは、よくわかったし、私もまた、千代さんのことが好きだった。千代さんは普通の女性だった。普通、誰でもが笑うようなところで笑い、普通、誰でもが悲しむようなところで悲しんだ。千代さんは、姉のせいで何かと沈みがちだった小笠原家に、テレビのホームドラマのような明るい風を吹きこんでくれたのである。

そんな千代さんが唯一、心を痛めていたのは姉のことだった。父が千代さんと結婚した時、姉はすでに人前には出られないほど、異様な太り方を見せていた。太っている姿を人目にさらしたくないのか、あるいはまた、外出するのが億劫《おっくう》だったのか、姉は一日中、二階の自分の部屋にこもっていた。ごくたまに、機嫌のいい時など、一階の防音室に入り、学生時代にひいていたピアノをひいたり、イタリアの歌曲を歌ったりしていたものの、それも長続きはしなかった。

自室のベッドに寝転がり、好きなクラシック音楽を聴くことだけが唯一の趣味で、あとは散歩ひとつしようとしない姉を見ながら、千代さんは大いに心配したらしい。

「葉子さんのことなんだけど」と、ある日、千代さんは私と父を前にして、言いにくそうに言った。「あのままじゃ、病気になってしまうわ。お医者にみせたほうがいいんじゃないかしら」

「医者には何度か相談したよ」と父は言った。「食べることをやめさせようとして、家中の食べ物を鍵つきの部屋に入れてしまったこともある。でも、無駄だった。な、裕美。あれは思い出したくないことだな」

私は大きくうなずき、姉が半狂乱になって鍵つきの部屋に体あたりし、だめとわかると、外に飛び出して、近所のスーパーに行き、手あたり次第に食料品をショッピングカートに詰め込んだあげく、レジの前で「お金がないの」と言って泣き出した時のことをかいつまんで千代さんに話した。

千代さんは眉をひそめ、「それでどうしたの?」と小声で聞いた。

「スーパーの人からうちに電話があったの」と私は言った。自信にあふれた言い方になっていくのが自分でもわかった。「私がお金を持って駆けつけたわ。そして会計をすませて、姉を車で病院に運んだの。有名な精神科のある病院よ。姉は私は狂ってなんかいない、ってわめいてたけどね。でも、それ以外、私としても方法が考えられなかったのよ」

千代さんは気の毒そうな顔をしてうなずいた。私は続けた。「病院ではまず内科に回されて、幾つかの検査を受けさせられたの。でも、あんなに太ってても、まだ若いから、内臓には大した異常はなかったのよ。精神科のお医者さんも、ひとまず生活を規則正しいものに変えることからスタートしましょう、だなんて、当たり前のことしか言ってくれないし。姉は姉で家に帰ったら、また同じことを繰り返すだけ」

「匙《さじ》を投げてるんだよ」父は目を伏せた。「本人に治そうという気がないものだから、どうにもやりようがなくてね」

「でも、このままじゃ本当に病気になっちゃうじゃないの」千代さんは私と父の顔を交互に見ながら、幾分、なじるように言った。「失恋のショックが、まだ続いてるのよ。きっと寂しいんだわ。お腹が飢えてるんじゃなくて、心が飢えてるのよ。かわいそうに。助けてあげなくちゃ。いいわ。できるかどうか、わからないけど、私が何とか頑張ってみます」

実際、あのころ、姉の生活を変えるためにつきっきりになってやれたのは、私や父ではなくて、千代さんだったろう。私は当時、短大を卒業し、父の会社に就職して、宣伝部に籍を置いていた。朝八時に家を出て、夜はともすれば九時を回らないと家に戻らないような生活では、とても姉の面倒を見ることはできない。それに私は、同じ部にいて、時折、一緒に仕事をしていた若い新入社員の黒崎《くろさき》という男に、惹かれ始めてもいた。

黒崎は大学時代、サッカーをやっていたという背の高いスポーツマンで、一緒にいるだけで胸がときめくような魅力的な青年だった。彼が私をコーヒーに誘ったり、食事に誘ったりする回数が増えれば増えるほど、私はそれまで感じたことのなかった幸福感に満たされ、不幸な姉のことなど思い出しもしなくなっていたのである。

だが、千代さんは早速、涙ぐましい努力を始めた。姉のためにきめ細かいダイエットメニューを考え、間食をしないように強く言い聞かせ、あなたはまだ若いんだ、まだまだ、素敵な恋もできるし、素晴らしい仕事もできるのだ、などということを口をすっぱくして語り続けた。

姉が千代さんの試みをどんな気持ちで受け取っていたのかは、わからない。だが、少なくとも、千代さんをうっとうしく思っていなかったことだけは確かだろう。姉は千代さんの頼みを聞き入れる努力をし、ひとまずダイエットメニューで食事をする、ということを約束した。巨体を揺すりながら、散歩をし、時折、千代さんと共に都心のデパートにも行った。好きだったクラシックのレコードも、人に頼まずに自分で買いに行くようになった。

姉は相変わらず陰気だったが、それでも千代さんのおかげで、いくらかましな生活をするようになった。父はことのほか喜び、千代さんは姉の体重を一年かけて元通りにしてみせる、といきまいた。

だが、正直なところ、私はそのころの姉や千代さん、そして父のことをあまりよく覚えていない。私は黒崎に夢中だったし、私自身の人生にほのかな希望が見えてきたことを確実な手応えをもって、うっとりと味わっていたのである。

あのころ、姉とは疎遠だった。岸辺に打ちあげられて死にかけたマグロのような姉のことなど、私の眼中にはなかった。それまで私を抑圧し、悩ませ続けてきた美人で優秀な姉は、すでにその時、廃人同様になっていたのだ。私は姉にへつらうことによって、いじけた自尊心を満足させる必要がなくなった自分に心底、ほっとしていた。

姉はただの可哀相な、太って動けなくなった若い娘にすぎなかった。一方、私は若く、適度に痩せていて、あと一歩で成就しそうな恋の予感にうち震えていた。父と千代さんの乗ったタクシーが、あの雨の降る秋の夜、大型トラックと正面衝突さえしなかったら、私には確実に、もっと別の、平凡だが温かくて優しい将来が約束されていたのかもしれない。

母が死んだ時も悲しかったが、父が死んだ時はそれ以上だった。私は私らしくもなく、泣きわめき、我を失った。

父と千代さんの葬儀は盛大に行われた。父の会社関係の人間だけでも三百人を超える数の弔問客が訪れた。そして誰もが、父の人柄、そして千代さんの人柄をしのび、涙をこぼした。

会場では黒崎が私を必死になって支えていてくれたのだが、私は葬儀の際、姉が特別誂《あつら》えの黒いドレスを着て、大きな黒い炭団《たどん》のようにうずくまっていた姿以外、ほとんど何も覚えていない。姉は泣いてはおらず、ただ、じっと父の柩《ひつぎ》の傍に座って顔を伏せていただけだった。

彼女は、埋葬を終えて家に戻った途端、冷蔵庫を開けて、ロースハムの塊をわしづかみにし、それにマヨネーズをしぼってがつがつと食べ始めた。彼女が泣いたのはその時だけだった。私は、その醜悪な、食べることに取りつかれた肉の塊が、口のまわりをマヨネーズだらけにしながらほろほろと涙を流すのを見て、いてもたってもいられなくなった。

「やめて！」と私は怒鳴った。「こんな時に、食べるのはやめて！　お父さんも千代さんも死んじゃったのよ。どうしてこんな時に、ハムなんか……ハムの塊なんか、食べられるのよ」

そう言いながら、私はしゃくり上げた。姉は口の動きを止めて、私をじっと見つめた。

長い沈黙の後、「怒らないで」と彼女は哀願するように言った。「お願いだから、怒らないで」

涙が彼女のふくらんだ頰を伝った。私は黙っていた。

「裕美ちゃん。あたし、あんただけが頼りになってしまった。あたしのこと、そんなふうに怒らないで」

私は姉のことを心底、哀れに思った。怒りが遠のき、寒気がするほどの憐愍《れんびん》の情が私を包んだ。

その憐愍の情に追い撃ちをかけるかのように、姉は弱々しく続けた。「あたしのこと見捨てないわね？　ね？　見捨てちゃいやよ。お願いだから、傍にいて。ね？」

私は返す言葉を失い、呆れたように突っ立っていた。とはいえ、今後、自分がどうすべきなのか、私はちゃんと知っていた。姉の世話をしてくれる人を見つけ、住み込んでもらうか、それとも、姉をしかるべき施設に入れるか。いずれにしても見捨てるわけにはいかなかった。自分だけ家を出て、独立し、二十代の娘なら誰でも楽しむような人生を楽しむわけにはいかなかった。私はそういう人間だった。最後のところで冷淡になりきれないのが私の欠点だった。

裕美ちゃん、と姉は繰り返した。太った巨大な身体が、わなわなと震え始めた。

「傍にいて。お願い。あたしを置いて行かないで」

私は目をそらした。この人は、そんなふうに言えば妹がどう反応してくるか、ちゃんと計算している。そう思った。いくら太っても、頭は鈍っていないのだ。妹の私が、最終的には姉を見捨てない人間だ、ということをちゃんと知っているのだ。

そう。その時から、私は自分が姉の面倒を見、自分が姉のために人生を半ば以上捨てる運命にあったことを改めて知らされる羽目になったのである。

父と千代さんが死んでから、姉の生活は一層、悲惨なものになった。食べるものを自室のベッドのまわりに積み上げ、片っ端からそれを口に運ぶ毎日。外出はおろか、散歩ひとつしようとしない。体重は増え続け、美しかった顔は二重三重に連なる肉の襞《ひだ》に被われて、かつての面影はどこにも見られなくなった。

私は恥をしのんで親類や黒崎に頼み、姉の食生活を厳しく管理してくれるような住み込みの栄養士や看護人を探した。だが、それは難しい注文だったらしい。かろうじて一人、元看護師をしていた、という中年の女性を見つけ出したのだが、その人は小笠原家にやって来て二ヵ月もたたないうちに、あれこれと理由をつけて辞めてしまった。

家政婦もなかなか居つかなかった。短時間で高給を支払う約束をしていたのだが、誰も彼も、姉の姿を見るなり、怖じ気づいて逃げ出す始末だった。

それでも私はしばらくの間、昼間、姉を自宅に一人残し、それまで通り会社に通っていた。だが、仕事を終えて家に帰った私の目にまず飛び込んでくるのは、夥しい数のピザの皿やコーラの空き缶、空になった菓子袋、ケチャップやマスタードの染みのついたナプキン、溶けたアイスクリームが入った一リットルサイズの箱などが転がるキッチンの床に、這いつくばるようにして座って目を閉じている、おぞましい姉の姿だった。

姉は私の留守中、デリバリーであらゆる種類の食べ物を注文していたらしい。たかだか一万円ほどの食品を配達するのに、業者は姉からチップも含めて二万、三万という金をもらえるというので、いついかなる時でも、喜んで注文に応じた。私はもちろんのこと、姉も金にだけは困っていなかった。金は常に、あふれるほど私たち姉妹の傍にあった。姉は私の留守中、取引先の銀行員を電話で呼び寄せ、通帳と印鑑を手渡して、いつでも多額の現金を引き出せる状態にあったのだ。

私はやむなく会社勤めを辞めた。親類たちは皆、それとわかる嘘をついて私や姉の元から遠ざかって行った。姉の面倒をみてやれるのは、私しかいなかった。

いつかそうなることは私にもわかっていた。かつて子供のころ諦めたような毎日を送っていたのと同様、私は再び、姉と向かい合って、何かを捨て、何かを諦めていかねばならなくなったことを悟った。

とはいえ、姉の世話をしながら自宅にこもる毎日を送るようになってからも、私は千代さんのように姉にダイエットを勧めたり、身体を動かし、趣味を持つことを勧めたりということは一切、しなかった。私が姉の好きなようにさせたからといって、それが姉に対する復讐だった、などと思わないでほしい。私は姉に復讐しようという気持ちなど、さらさらなかった。それどころか、姉の未来に関して、何か考えることすら億劫だった。私はひどく疲れていた。

自宅が広かったことだけが幸いだったと言える。さながら〝馬の餌《えさ》〟とでも言いたくなるような大量の食事を日に三度、用意し、たまに姉の汚れものを洗ってやること以外、私は姉とは別々の暮らしを続けることができた。週に二度、駅前のスーパーからありとあらゆる食料品を届けてもらい、それらを姉の部屋に押し込んでおきさえすれば、姉は何ひとつ文句は言わなかった。私は清潔に磨きあげた自分の部屋で、日がな一日、読書をしたり、ビデオを見たり、考え事をしたりして過ごしていればよかった。

黒崎は三日に一度の割合で訪ねて来てくれた。彼は優しかった。だが、未だに私は、彼があのころ、私のことをどう思っていたのか、よくわからないところがある。私たちは、ただの一度も手を握り合ったり、キスをし合ったりしたことはない。昔、姉がパリで高柳にたくさんのキスマークをつけられた時のように、私もまた、黒崎に情熱的な性の表現をしてもらいたい、と願っていたのだが、黒崎は私に指一本、触れなかった。若く、溌剌《はつらつ》とした男が、若い娘を前にして指一本、触れずにいられる、ということが何を意味するのか、私はいろいろな角度で考えてみた。

だが、結論は出なかった。ともかく黒崎は優しかった。私のことを忘れなかったし、私のことを常に気づかってくれた。私を心にとめてくれていたことは事実だったろうし、それが恋や愛と呼ばれることではなかったとしても、少なくとも彼は私にとって唯一の心を許せる相手だった。

姉が深夜、突然、発作のようなものを起こして苦しみ出した時も、私は救急車を呼ぶ前にまず黒崎を電話で呼び出した。彼は落ち着いた声で「すぐに救急車を呼びなさい」と言った。「お姉さんは病気なんだ。きみはついて行ってやりなさい。後から僕も行く」

私はその通りにした。救急車の中で姉は苦しみ続け、苦しい呼吸の中で私の名を呼び、「どこにも行かないで。傍にいて」と繰り返し叫んだ。

私は姉がこのまま死んでしまえばいいのに、と思った。担架に横たわる姉はこの世で一番、醜い生きもののように見えた。死んでよ。頼むから死んでよ。私は救急車の中で、泣きながらそう祈り続けた。

救急病院に運びこまれた姉は、強心剤を打たれ、まもなく落ち着きを取り戻した。だが、医者は診察室の隅に私を連れて行き、何故、こんなになるまで放っておいたのか、というような意味のことを私に聞いた。

私は「発作は初めてだったんです」と言った。医者は呆れたように首を横に振り、質問の意味を取り違えないでほしい、と言った。そして、常軌を逸した肥満のせいで、姉の心臓がいつ止まってもおかしくないほど弱っていること、即刻、治療を始めないと大変なことになること……などを高圧的な調子で私に告げた。

私は黙っていた。医者はしばらく私を観察するようにしていたが、それ以上、何も言わなかった。

発作が起こった時に飲ませる頓服《とんぷく》をもらって、私はそのまま姉を連れ、家に戻った。それ以後、病院には行かなかった。

そのころ、姉の部屋では、一日中、レコードが回っていた。それはモーツァルトのピアノ曲だったり、チャイコフスキーの交響曲だったり、ヴェルディのオペラだったりした。私は姉が聴く音楽を憎み、不愉快に思い、夜になるとかすかに聞こえてくるけたたましいソプラノの歌声や地を這うような低いチェロの音色などを聞きたくなくて、耳を塞ぎながら寝床についた。それらの曲は、ふくれあがっていくだけの姉の身体同様、私にひどい嫌悪感をもたらした。

姉がクラシックを聴く、ということ以外に、新しい趣味を持ち始めたのは、いつごろからだったろう。あのころ、時折、自宅の庭に野良猫の一家が現れるようになっていたのだが、姉は二階の自室の窓から猫たちの様子を眺めるのを楽しみにし始めた。

「可愛い」と姉は私に言った。「お母さん猫が子供と遊んでやってるのよ。尻尾《しっぽ》を振ったりして。ねえ、裕美。猫たちに餌をやってよ。毎日、かつおぶしをかけた御飯を外に出してやればいいわ」

姉の世話だけでもうんざりしていたのに、このうえ、猫の世話までさせられてはかなわなかった。私は曖昧《あいまい》にうなずいたまま、放っておいた。

そのうち姉は、二階から猫の姿を見かけると、外に出たいとせがむようになった。むろん、姉を外に連れ出すことには抵抗があった。そのころ、姉は太り過ぎのために膝を痛め、満足に歩けない状態だった。一度、転んだら、起き上がれなくなることはわかっていた。肉の塊のようになった人間を抱き起こすのに、通行人に助けを求めるのは私の自尊心が許さなかったのだ。

だが、姉はひとたび「外に出たい」と言い出したら、駄々っ子のように、外に出るまで大騒ぎを続けるようになった。食べかけのアップルパイを壁に投げつけ、袋入りのビスケットを床にばらまき、あげくの果てにベッドの背もたれに自分の後頭部を打ちつける始末だった。私は仕方なく、彼女を外に出すことにした。

二階の自室の窓から猫たちの姿を見つけると、姉は這うようにしながら階段を降り、私が開けてやった玄関を出て、「猫ちゃん？　どこにいるの？」などと、ほとんど狂女のようなかん高い声を出して庭をうろついた。

姉は頭がおかしくなっていたのだろうか。そうだとも言えるし、違うとも言える。誰だって、あれほど贅肉におおわれた肉体を持ち、神経を病み、クラシック音楽だけを朝から晩まで耳にしていたら、正気ではいられなくなることだろう。

あれは、そんなある日のことだった。とびきりよく晴れた秋の日曜日で、自宅の周囲をぐるりと囲んだ銀杏《いちょう》並木が見事に色づき、掃いても掃いても舞い落ちてきて、塀のまわりに堆《うずたか》い落葉の小山を作っていたことを覚えている。

その日、午後になってから黒崎がケーキを持ってわが家を訪れ、二時間ほど私の相手をしてくれた。彼は枯れ葉色のポロシャツにダークブラウンのズボンをはいており、いつにも増して、魅力的に見えた。車で来ていた彼が食事にでも誘ってくれないだろうか、と期待したのだが、何も言い出さなかったので、私はおずおずと口を開いた。

「いい天気だし、こんな日に海岸沿いをドライブしたら気持ちがいいでしょうね」

そうだね、と彼は言った。

私は続けた。「長い間、ドライブにも行ってないわ。あの、もしよかったら、黒崎さんの車でどこかに連れて行ってもらえないかしら。ちょっとでいいの。そうすれば気持ちもスカッとするだろうから」

黒崎は「いいとも」と言った後で、即座に思いついたように、顔を曇らせ、天井を見上げた。二階の姉の部屋からは、大音響でプッチーニのオペラ『トスカ』が流れていた。

彼は続けた。「でも……お姉さんはどうするの」

「どうする、って……ほんの少しだったらいいと思うんだけど」

「ほんの少し、ってわけにはいかないよ。裕美ちゃんをドライブに連れて行ったら、僕、きみを帰したくなくなるかもしれないよ。どこかで一泊しよう、って言い出すかもしれない」

黒崎は冗談めかしてそう言い、短く笑った。私は顔を赤らめ、小声で「そうしたいわ」と言った。だが、黒崎は聞こえないふりをしたようだった。

「お姉さんが元気になったら、いくらでもドライブできるよ。それまで裕美ちゃんも頑張るんだ。僕もいくらでも協力するから」

協力？　協力って何？　あなたは民生委員のつもりでいるの？　あんな身体をも

った姉がここにいる限り、私とはドライブひとつできない、とでも言うつもりなの？　そう聞き返したかったのだが、私はこらえた。

黒崎の気持ちはわかりすぎるほどわかっていた。私は自分が黒崎の立場だったら、やはり同じ態度を取り続けていただろう、と思った。奇怪な生きものの世話をして暮らす女とは、どう考えても深入りしないほうが無難なのだ。

姉が内線電話を使って私を呼び出したのは、黒崎が帰って三十分ほどたってからだった。

「猫ちゃんたちがいるの」と姉は不気味なほど舌ったらずの口調で言った。「小さな猫よ。この間、生まれた猫が歩き出したんだわ。ねえ、あたし、外に出るわよ。一緒に来て」

すでに日が大きく西に傾いていた。私は姉の手を引きながら、外に出た。家のまわりに人影はなかった。銀杏の枯れ葉を踏みしめながら、姉は丸太のようになった手を伸ばして「あそこ」と言った。「あそこの駐車場に子猫が走って行ったのよ。ほんとよ」

家の門柱の向かい側には、月極めの駐車場があった。六台分の駐車スペースがあるだけのごく小さな駐車場だったが、そこはちょうどわが家のキッチンの出窓から見渡せるようになっていたから、私もよく知っていた。

いつもは四、五台の車が駐車されているのだが、その日、駐車場には、一台の紺色のジープが停まっているだけだった。姉は珍しく勢いづいて駐車場に入りこむと、肩で息をしながら、私に向かって「聞こえる？」と言った。「猫ちゃんが鳴いてるわ。ミーミーって。どっかにいるのよ」

確かに子猫の鳴き声がどこからか聞こえた。私は黙ってうなずいた。

姉はしばらくの間、耳をすませるようにしていたが、やがて「あそこよ」と低い声で言った。「あのジープの下。あそこから聞こえる。ねえ、裕美。あんた、覗いて見てよ。絶対、あの下にいるんだわ」

私は溜め息をついたが、いやだ、とも、いい加減にして、とも言わなかった。何かを喋ることすら面倒だった。

私は膝を折って、紺色のジープの後ろに回り、車体の下を覗き見た。生まれたばかりのようにも見える一匹の虎毛の子猫が、私のほうを向いて、脅えたようにニャアと鳴いた。

「いるわ」と私は言い、膝についた砂をはらいながら立ち上がった。「虎毛の猫よ。さ、もういいでしょ。帰るわよ」

だが、姉は大きな丸い顔にひきつれのような笑みを浮かべ、目を輝かせた。「あんた、連れて来てやってよ。かわいそうに。きっとお腹がすいてるんだわ」「野良猫なのよ」私ははねつけるように言った。「ただでさえ人を怖がってるんだから、こっちに来るわけないでしょ」

「来るわよ。絶対。呼んでみなさいよ。きっと来るから」

「馬鹿なこと言わないで。車の下にもぐれ、って言うの？　冗談じゃないわ」

「やってくれないのね？」姉は低い声で聞いた。垂れ下がったまぶたのせいで、妙に小さく見える目が怒りに燃えた。「やってくれないんだったらいいわ。あたしがやるから」

私は思わず吹き出した。「その身体で？　車の下にもぐる？　やめてよ。もぐる前に身体がつかえて出られなくなるから。太りすぎて穴から出られなくなった馬鹿なウサギみたいにね」

姉は瞬きひとつせずに私を見返した。「あたしのこと、馬鹿にしてるのね」

「やっとわかったの？」私は意地悪く聞き返した。「そうよ。馬鹿にしてるのよ」

姉は水からあがったカバのように、ぶるぶると頰を震わせた。「あんたはずっとあたしのことを馬鹿にしてた。あたしが太ってみっともなくなって、いい気味だと思ってた。そうなんでしょ」

「もしそうだったとしたら、どうだって言うの？　あたしがいないと生きていけないくせに」私は言い返した。姉は頰だけではなく、顎の肉まで震わせながら、見るに耐えない緩慢な動きをして、やっとの思いでコンクリートの地面に這いつくばった。

「いいわ。あんたがやってくれないんだったら、あたしがやるから。あんたなんかの世話には金輪際、ならないわよ」

車の下のほうから、子猫の鳴き声が聞こえた。姉は「猫ちゃん」と呼びかけながら、ずるずると身体をずらし、車の下にもぐりこもうとした。

ジープの場合、地面から車の底までの高さが何センチあるのか、私は知らない。だが、ともかく姉の巨体は不思議なことに車の底に吸いこまれていった。着ていた毛糸の茶色いカーディガンが、何かに引っ掛かり、穴をあけた。姉はそれでも奇怪な得体の知れないナメクジのようにして、車体の下にもぐりこもうとした。

巨大なナメクジ！　それはまさしくその通りだった。私は嫌悪のあまり、吐き戻しそうになった。

その時、突然、車の底からくぐもった呻《うめ》き声が聞こえた。「苦しい。胸が……裕美。裕美ちゃん。息ができない……」

二、三秒の間、私は、何が起こったのか、理解できなくて黙っていた。姉が心臓の発作を起こし、苦しがっている、ということがわかるまで、私の頭の中は空白だった。

湿った咳が聞こえた。車の底から、姉の履いていた特別注文の大きな革靴が見えた。その靴の底に刻まれてある幾筋もの溝に、乾いた土がこびりついているのをぼんやりと見つめながら、私はどうすればいいのかわからずに、茫然とそこに突っ立っていた。

何故、その場でただちに姉を車の底から引き出そうとしなかったのか、わからない。何故、誰かを呼びに走って行かなかったのか、わからない。まだ日没前で、あたりはほんのりと明るかった。あのあたりが車の通行量も少なく、人通りもほとんどない住宅地の一角だったとはいえ、すぐに大声で誰かに助けを求めれば、姉は死なずにすんだのかもしれない。

だが、私は姉を引きずり出そうともしなかったし、誰かを呼びに行くこともしなかった。そんなことは考えもつかなかった。私の頭の中には薬のことしかなかった。薬！　以前、姉が発作を起こした時、医者からもらった薬！　急な発作には、一番よく効く、と言われた薬！

私は全速力で家に駆け戻り、靴のまま廊下を走り抜け、キッチンに飛び込んで、薬を入れておいたはずの棚をかきまわした。姉はあれ以来、一度も発作を起こしていなかったが、医者からもらった薬は忘れないように缶に詰めておいたはずだった。

小さな茶筒に入れておいたその薬はまもなく見つかった。包装されたままの中の薬を取り出し、片手に握りしめたその時、何かが私の動きを止めた。

キッチンの出窓からは駐車場が見えた。銀杏並木の向こうに、紺色のジープが停まっている。車の下に姉がいることは、そこからはよくわからない。だが、ともかく舞い落ちる黄色い銀杏の枯れ葉を通して、紺色のジープが停まっているのがはっきり見える。

一人の若い男の姿が視界に入った。丈の短いGジャンを着た背の高い男だった。見かけない男だったが、紺色のジープの持主らしかった。彼は何か急いでいることでもあるのか、駆け足でジープに向かい、そそくさとドアの鍵を開けた。

エンジンがかけられる音がかすかに伝わってきた。私は身動きひとつせずにいた。息をしていたかどうかさえ、定かではない。

キッチンの出窓の向こうに黄色い銀杏の葉が舞い落ちていく。二階の姉の部屋からは、かけっ放しになっていたオペラが流れてくる。手に振りしめていた薬が、汗で濡れてへばりついてくる。

私は目を閉じた。

ジープが前のめりになるようにして動き出した。

誰もが、不慮の事故だった、と言った。子猫を探して車の底にもぐりこみ、胸を圧迫したために心臓の発作を起こし、姉を助けようと薬を取りに妹が家に戻っている間に、車が動き出した……誰もがそう解釈した。

そしてそれはあたっている。誰も姉を殺そうとはしなかった。この私ですら、そうだった。少なくとも最後の瞬間以外、私は一度だって、姉を殺そうなどと思わなかったのだ。

だが、どうしたことだろう。姉がいなくなってからというもの、私は死んだような毎日を送っている。二度とあの不気味な食欲を見る必要がなくなり、ゴミ溜めのようになった部屋を見る必要がなくなったというのに、私はたった一人、この広々とした家の中に住みながら、死人さながらに生きている。

黒崎はまったく訪ねて来なくなった。それも当然だ、と思う。いくら人助けが好きな、お人好しの彼でも、こんな私を救おうとするほど愚かではないはずだ。

私は今日も、かつて姉が使っていた二階の姉の部屋で、姉が寝ていたベッドに横たわり、姉と同じようにベッドのまわりを食べ物の滓《かす》だらけにしながら生きている。時折、覗き見る鏡には、日毎に増殖していく私の贅肉が化け物のように映っている。

それなのに私は食べることをやめられずにいる。かつて姉が、食べても食べても満足しなかったように、私もまた食べ続ける。さっき、電話で食料品を注文した。ピザを四枚にローストチキンを五本、アイスクリームを一リットル、ナッツ入りのチョコレートを一ダース……。

今日もまた、庭に猫の一家が来ている。姉が死んだ時、車の近くにいたあの虎毛の母猫が二度目のお産をしたのだ。私は窓を開け、「猫ちゃん」と呼びかける。その声は姉そっくりになっている。私は太りすぎてうまく曲がらなくなった膝を支えながら、窓辺に立つ。配達の男が、白いバンを家の前に停め、降りて来るのが見える。手には大きなダンボール箱を抱えている。私はそれを見て、舌なめずりをし、そんな自分が惨めになって、ふと涙ぐむ。

エトワール

沼田まほかる

「僕たちのこと、やはり奈緒子《なおこ》にきちんと話すべきかな?」

付き合い始めて間もない頃、吉澤《よしざわ》にそうたずねられた。夜の路《みち》を彼の車で走っていたときだった。

「やめてよ、なんでわざわざそんなこと」

私は深くも考えずそう応《こた》えたが、今ふうの自由な女としての自分を彼に印象づけたい、奈緒子に負けられない、という計算がどこかで働いていたと思う。

「しかし、いわゆる不倫にしてしまっては君に申し訳が立たない気がする。いや、自分自身に対してそうなのかもしれない。それだけの気持ちを君に持っているということ、わかっていてほしい」

そんなことを言われると思ってもみなかった私は、ハンドルを握る吉澤の横顔をまじまじと見つめた。

「君がそうしてほしくなったら、いつでも彼女に話すから。きちんと筋を通すから。彼女ならきっとわかってくれるよ。好きになったんならしかたない、そう言うよ」

奈緒子のことは、吉澤と私が単に職場の上司と部下であったときから、酒の席などで折にふれ聞かされていた。自分の妻であるその七歳年上の女について、のろけ半分、愚痴《ぐち》半分の口調で語るとき、吉澤はいつもどこか遠い目付きになった。十代半ばの多感な時期に母親を亡くしている彼が、その面影を無意識に奈緒子に重ねているのは明らかだった。

奈緒子はたとえば、好きな写真家の個展から興奮に目を輝かせて帰宅し、そのまま台所に立って糠床《ぬかどこ》から色鮮やかに漬かった旬《しゅん》の野菜を取り出すような女だという。過去に吉澤が関係したある女が執拗《しつよう》な嫌がらせ電話を家にかけてきたときには、毎回女がしゃべりつかれるまでその恨み言に付き合い、最後には女の方が、気が済んだからもう電話しない、長い間ありがとう、と奈緒子に礼を言ったという。

めったにいない女房だと吉澤は言い、それならなぜ奈緒子だけで満足しないのかと私が問うと、途方にくれた顔で首を傾《かし》げた。

吉澤は、女が無視することの難しいタイプの男だった。充分知性を感じさせる整った容貌《ようぼう》のどこかに、四十を過ぎてもなお一種の子供っぽさ、というよりはいっそ、パンダかアザラシか何かそういう哺乳《ほにゅう》動物が持つ愛らしさに通じるものが漂っている。自信がなさそうに眉尻《まゆじり》をさげて、お茶でも飲まないか、と誘われれば断る女は少ない。

吉澤の、気弱さと紙一重の優しさや、金銭感覚の希薄さ、仕事の面での高い能力なども私の目には魅力として映ったが、もし彼から奈緒子についての話をあれこれ聞いていなかったら、深い仲にまでなったかどうかわからない。

私の心には淋しさが、飢えた人間の口みたいにぽっかりと黒く開いていたが、そのためにかえって、うわべの付き合い以上の人間関係を疎《うと》ましく感じる性癖も強かったから。

しかし、奈緒子という特別な妻から献身的に愛されているらしい吉澤が、他の男とはどこかちがう存在であるように思えたのがひとつ、自分のせいでそのような妻を裏切らせることに快感を覚えたのがひとつ、そうしたことが大きく作用して、私は一緒に酒を飲んだ最初の夜に彼の誘いにのったのだ。

そういう関係になり、しかも、奈緒子に話した方がいいかなどと吉澤に訊《き》かれると、私のなかで少しずつ歯止めが利かなくなっていくものが確かにあった。それを自分でも認めたくなかったし、吉澤にも知られたくなかった。三十も後半になれば、結婚という言葉を思い浮かべただけで自嘲《じちょう》に口が歪《ゆが》む。それに、必要以上に吉澤に執着してじたばた足掻《あが》くことは、奈緒子に対する敗北であるようになぜか思えた。

だが、努めてさりげなく振舞《ふるま》っていても、きっと気配には出てしまうのだろう。吉澤はその後も何度か、自分たちの関係を奈緒子に告知しなくていいのか、ほんとうにいいのか、とたずね、本心を探り出そうとするような目付きで私を窺《うかが》った。


ある夜、やはり彼の運転する車で夜の住宅街を走っていたとき、ヘッドライトに浮かび上がる路面に、轢《ひ》かれたばかりと思われる猫の死体が転がっているのが目にとびこんできた。私は小さく叫んだ。吉澤はすばやくハンドルを操って、死んだ猫がタイヤに触れないようにその体の真上を通過した。一瞬のことだった。

「奈緒子がね」しばらく走ってから、ふっと吉澤が言った。「ちょうどさっきみたいに轢かれていた猫をね、救ってやったことがあったんだ」

「まだ生きていた、ということ？」

「そう、生きていた。やっぱり今みたいな真っ暗な夜で、ライトに照らし出された血溜《ちだ》まりのなかで、変な具合に目を光らせて瞬《まばた》きだけしていたんだ。腹から下はほとんどぺちゃんこになってアスファルトに張り付いているのに」

「いやだ、……それで、どうしたの？」

「僕が運転していた。さっきと同じように車体でまたいで通り過ぎた。そしたら奈緒子のやつ、いきなり泣き出して、引き返せって、すぐに引き返して息の根を止めてやってくれって僕にせっつくんだ」

「……」

「しかたがないから、路肩の草むらに鼻先を突っ込んで方向転換した。猫のところへ戻ったんだけど、でもどうしてもできないんだ。生きていようと死んでいようと、ともかく動物の体を轢くなんてことは、僕にはできなかった。少し手前で車を停《と》めた。彼女すごく怒ってね。男らしくないって僕のこと罵《ののし》ったよ。それから、僕と席をかわって止めたけど自分が運転席にすわった。僕は、今ごろはもう猫も死んでいるはずだからって止めたけど、きかない。真っ青な顔して、なぜか三十メートルくらい一気にバックしてね、すぐにギアを切り替えると、あとは正確に猫の頭を狙《ねら》ってスピードを上げながら一直線だ。……砂利を踏んだみたいな小さな音がした。通り過ぎてから、彼女、道路脇《わき》に吐いたよ」

「なんでそんな話するの？」

「思い出したら話したくなったんだ。悪かった。楽しい話じゃないな」

怒りが込みあげてくる。怒りと、いつものあの奈緒子に対する敗北感。

「ねえ！　やっぱり私たちのこと話しちゃってよ、奈緒子さんに」

吉澤は驚いたように私を見たが、すぐにまた前方に視線を戻した。

「いいけど……、だけど、どうして急にそんな気になったの？」

「だって狡《ずる》いんだもの、あなた」

「僕が？」

「そうじゃない、私がそうしてほしいんならいつでも奈緒子さんに話すって、そういうの狡いわよ。これってあなた自身が答えをだすべき問題でしょう」

コンビニエンスストアの前を走り過ぎるとき、向こう側から照明を受けた吉澤の顔が一瞬、目鼻のない真っ黒な固まりに見えた。

「いかにも優しそうなふりして、何でも君次第だなんて……。そんなの卑怯《ひきょう》だわ」

吉澤のことばかり考えるようになってから、私のなかの暗い淋しさの穴は、ますます黒々とますます深くなって、私自身を飲みつくそうとするのだった。

「わかった。君がそんなふうに感じているとは知らなかった。僕の方は、覚悟はとうにできているんだ。明日、彼女に全部話すよ」

とうとう奈緒子に負けてしまった、とそのとき私は思い、敗北の報償として自分のものになるかもしれない男の、不思議に落ち着き払った横顔をぼんやり眺めた。

〈そう〉とひと言だけ言って、奈緒子はたいして顔色も変えなかった、と聞かされたとき、私は大声で喚《わめ》き散らしたいような衝動に目が眩《くら》んだ。無視された、と思った。

「何も心配はいらないよ。今後の具体的なことはゆっくり考えよう」

吉澤が微笑を送ってくる。私が呆然《ぼうぜん》としていると、椅子《いす》から立ち、食卓を回りこんできて後ろから柔らかく両肩をつかんだ。

「ともかくこれで、彼女の目を気にしてこそこそする必要はなくなったわけだ」

「なによそれッ。あなたは？　あなたはそんな簡単なことでいいの？　二十年も一緒にいたんでしょう。いくら私とこうなったからといって、あんまりひどい、安易すぎるわ！」

ほんとうなら奈緒子が叫ぶべき言葉を、なぜか私が叫んでしまう。〈そう〉とだけ言って口を閉ざした奈緒子のかわりに。

「君には話さなかったけど、実は奈緒子と結婚するときにひとつ約束したことがある」宥《なだ》めるようにゆっくり私の首筋を揉《も》む。「将来、もしどちらかが別の誰かを真剣に好きになってしまうようなことがあったら、そのときはすっきり別れようって、ただ別れるんじゃなくて、何年か後に路でばったり出会ったら、一緒に気持ちよく酒でも飲めるようないい別れ方をしようって。ハハ、なんか、今言葉にするとすごく気障《きざ》なんだけどね、そのときはなにしろ若かったから。だけどその気障な約束が、まだ僕たちの間に生きてたんだよ」

〈僕たち〉という吉澤の言い方に、ぽっと火の点《とも》るような優しさがこめられていて私を鋭く傷つけた。吉澤は大学生だった二十歳《はたち》のときに、父親の反対を押し切って奈緒子と結婚した。彼の生家は印章や名刺を扱う店を営んでいて、奈緒子はそこの店員兼事務員だった。

「じゃあ、奈緒子さんとはきっちりと離婚するっていうこと？　そうなのね？　いつ？　今すぐ？」

言わなければよかったとすぐに後悔する。何か口走るたびに、自分が奈緒子の足元にも及ばない女だという事実が暴露されてしまう。

「そうだね」考えこむような声だが、背後に立たれているので顔は見えない。

なぜだろう。私のために奈緒子と別れるとまで言う吉澤に、なぜこれほど気持ちが煮えくり返るのか。吉澤に対して怒りを覚えるたびに、奈緒子への敗北感が深くなる。奈緒子に負けたと思えば思うほど、吉澤への執着は自分ではどうすることもできない強迫観念じみたものになっていく。

肩をさすっている手に自分の手を重ねた。

「ひとりにしないで。いつもそばにいて」

吉澤が毎日私のマンションから通勤するようになると、私は仕事を辞めた。職場とプライベートの両方で四六時中顔を合わせているのが、お互い面映《おもはゆ》かったせいだ。いずれまた新しい就職先を探すにしても、それはもっと後のことだった。

私は機が熟するのを待っていた。一ヶ月後か、半年後か、適切な時間が経過したという感触を得たら吉澤と奈緒子が離婚届を提出する、そのときを待って今しばらくは、一日中家にいてゆっくり家事をし、音楽を聴いたり本を読んだりしてみたかった。

マンションから最寄駅まではバスの便も多かったが、私は朝晩彼の車で吉澤を送り迎えした。そんなこともまたどことなく新鮮だった。

風がなく、駅のまわりに排気ガスのにおいが澱《よど》むその夜も、タクシー乗り場のはずれのいつもの場所で吉澤を乗せ、そのまま混雑する車の間を縫ってロータリーを廻り切った。道路に出るために、停止線で一時停止したとき、彼がハッと鋭く息を飲む気配が伝わった。

「彼女がいる」

押し殺した声で言って、改札口の方を指差す。

バス乗り場へ流れる人群れとは別に、この時間帯の駅には、家族の迎えの車を待つ学生や勤め人が、退屈そうな顔を道路の方に向けてあちこちに立っている。ついさっき吉澤を拾った場所から少し右手の奥、券売機の横の今は閉まっている売店の前にもそんな人々がたむろしていて、それぞれに携帯電話を操作したり、苛々《いらいら》と足を踏み替えたりしている。

年齢的に近いと思える女が何人かいたが、どれが奈緒子か、私にはすぐわかった。人ごみから妙に浮き上がって見えるグレイのハーフコートの女だ。遠すぎて表情は見分けられないが、何ごとかにひどくひたむきであるような独特の気配が立ち姿に顕《あらわ》れている。

「構わないから、このまま行こう、さあ早く」

吉澤が、ウィンドウから顔を背けるようにしながら急《せ》かす。

「そんなこと、できるわけないじゃない！」

咄嗟《とっさ》にそう答えて、後続車への気兼ねからともかくいったん道路に出た。

「いったいいつからあそこに立っていたんだ、何のためにこんなことをするんだろう、あいつらしくもない」声が震えている。

「駅に戻るわ。今日はあっちに帰って」

今度こそ、奈緒子の挑戦をしっかり受け止めなければと思った。

「だめだ。このまま君の部屋に行く。戻ることはない」

裏道の左折を三度繰り返して元の道路に出るまでの間、吉澤は、戻るなと言い続けた。

「いいから、私の言うとおりにしてっ」不覚にも涙が滲《にじ》み出た。

再びロータリーに入ったとき、一台のセダンが待ち人を乗せて発進したので、そのあとのスペースに鼻先を突っこんだ。

奈緒子はさっきと同じ位置に同じ姿勢で立っていた。こちらにはまだ気付いていないらしいが、戻ってくるとわかって待ち続けているような確固とした意志が感じられる。

「それなら君も行こう。奈緒子に引き合わせるよ。三人で飯でも食いながら話そう」

「今日はいや」

そんなことをすれば奈緒子の思う壺《つぼ》ではないか。こんな隙《すき》だらけの気持ちで会って、彼女の優位を見せ付けられるのはたまらない。

「車、つかえてるから早く降りて」

「いいの、君はほんとうにそれでいいの？」

「いいって言ってるじゃない、さあ、早く！」

吉澤を降ろして、いったんバックする。そのまま手荒く歩道際を離れようとすると、後ろの車から鋭いクラクションが上がった。

通り過ぎるときに一度だけ顔を見た。

美しい女ではない。それなのに奈緒子の顔は一瞬で私の脳裡《のうり》に焼きついた。彼女の顔に捉《とら》えられたと言っていい。美しくないというそのことが、その女の個性をかえって引き立てる、そういうこともあるのだと認めないわけにいかない。奈緒子は私を見ていなかった。嫉妬《しっと》も怒りも哀れみの色もない、砂場で遊ぶ子供を遠くから眺める母親みたいな表情で、吉澤が車から降り立ったあたりを静かに眺めていた。

ロータリーをぐるりと回って停止線で停まったとき、吉澤はまだ降りたところに心配そうに立っていた。ウィンドウ越しに目が合うと、軽く手を上げて合図を送ってくる。それから身体の向きをかえ、どこかホッとしたような足取りで奈緒子に近づいて行った。

機械的に運転しながら唇がわなわなと震えた。今夜吉澤を失ったという耐え難い喪失感が、そのまま狂おしい嫉妬になって胸を焼き焦がした。こんなに暗いドロドロした感情を、奈緒子は、あの銀色のほっそりした魚のような女は、きっと知らないだろう。

くるぶしのせいで恋に落ちた、と吉澤は言っていた。そんなことが閃《ひらめ》くように思い出されて、私は信号が青になったのに発車せず、またクラクションを浴びせられた。

雨の降りしきる夏の朝、店に出勤してきた奈緒子が屈《かが》んで、濡《ぬ》れたソックスをくるりと剝《は》いだ。白く硬いくるぶしの陰翳《いんえい》にハッとして、見てはいけないもののように目を逸《そ》らす。その瞬間の若い吉澤の心に、奈緒子という女は深々と入り込んだのだった。

きっと、吉澤が百万回奈緒子と別れ、百万回私と結婚したとしても、それでもなぜか吉澤は、私よりも奈緒子の方とずっとずっと強く結びついている。奈緒子という名を唇にのせるときの、あの声の甘さ。

彼らがどこかで肩を寄せ合っている今、空っぽの車を運転して空っぽの部屋に帰るのは、自尊心が粉々になりそうなほど淋しかった。さっきと同じように方向転換して駅に戻りたかった。吉澤の誘いにのって、三人で一緒に食事をすればよかった。奈緒子と吉澤をどうしても引き裂くことができないのなら、それならばいっそ二人の関係に私も加えてほしかった。私だけを締め出すことはせめてしないでほしかった。

マンションまでの距離の半分ほどを走ったとき携帯電話が鳴った。吉澤だった。

「すまないが、もう一度駅まできてもらえないかな」

「どうして？　だ、だって」みっともないほど取り乱してしまう。たった今、引き返したいと自分で望んでいたのに。「奈緒子さんは……」

「今、電車に乗せた。ともかく待っているから頼む」

ハザードランプを点滅させていったん道路脇に停めてから、車の流れの途切れ目を狙って強引にUターンする。電車に乗せた、というからには奈緒子は帰ってしまったのだろうか。追いすがって彼女を引き止めたいという理不尽な衝動が胸の奥でうごめく。

吉澤は元の場所に立って足先を見つめていた。

助手席に乗り込むと、スカートの上から私の膝《ひざ》に触れ、顔を覗《のぞ》きこんでくる。

「嫌な思いをさせたね。大丈夫だった？」

「ええ」

走り出してしばらくはどちらも黙り込んでいる。やがて吉澤が軽い調子で言う。

「別にたいした意味はなかったらしい。僕がいったいどんな顔をして君のところへ帰るのか、ちょっと見てみたくなっただけだと笑っていたよ。君によろしくと言っていた」

言葉も出なかった。

「いや、それにしても驚いた。もともと思いついたらパッとやってしまう、子供みたいなところのあるヤツなんだけどね」

「嘘《うそ》よ」

「えっ」

「あなたの顔を見たかっただけなんて、そんなの嘘よ、嘘に決まってるじゃない」

「いや、だから、あいつは――」

「ほんとにそれだけが目的なら、あなたの目につかないところに隠れてこっそり見てればすむことじゃない。あんなところに堂々と突っ立って、しかも私たちが戻ったときも、戻ってくると知ってたみたいな顔して待ってたわ。あなた、奈緒子さんに騙《だま》されてるのよ！　彼女、ちゃんと計算してる。私たちの関係を壊して、あなたを取り戻そうとしてるのよ」

濡れたソックスを脱いで密《ひそ》やかなくるぶしを吉澤の視線にさらした、もしかしたらそれさえも奈緒子の企《たくら》みではなかったか。そんな気がしてくる。

「君が誤解するのも無理ないのかもしれないね。いや誤解ではなくて、奈緒子が僕たちに嫉妬しているということも、確かにないとは言い切れない。人間の心の微妙さなんて、自分自身にさえわからないんだから。しかし、もうどっちでもいいじゃないか。どちらにしろ奈緒子とは他人同士になるんだから」

「あなた、どうして彼女と別れるの？　そんなに……」言葉を探す。「そんなに、風変わりな、み、魅力的な人なんだったら、どうして？」

吉澤は優しい諦《あきら》めのような色を目に浮かべて微笑《ほほえ》む。女が思わず抱きすくめたくなるような表情だ。

「君に出会わなければ、別れたりしないさ。こういう運命なんだよ」

「ほんと？　ほんとにそうなの？　だけど……」

運命という言葉はなぜか奈緒子と吉澤の関係にこそ似合う、そう言いかけて唇を嚙《か》んだ。

「だからこそ、こうして君のところに戻ってきたんじゃないか。これからずっと君と一緒に暮らすんじゃないか」

早くマンションに帰り着いて、早くこの男に抱かれたい。信号が赤に変わったばかりの横断歩道を、アクセルを踏み込んでそのまま突っ切った。疾走する車の中に、だが吉澤と私のほかにもうひとり、奥二重の大きくはない目に不可思議な表情を湛《たた》えたまま黙り込んでいる女が、乗っているような気がした。

吉澤がそばにいるにもかかわらず、私の気持ちは日に日に抜き差しならないものになっていった。むしろ彼がいなかったときの方が、今思えば、虚《うつ》ろな淋しさを抱え込んだまままそれでも静かに時間が流れ過ぎたのだった。

これが恋というものだろうか。

それなら私は三十七歳の今日まで恋をしたことがなかった。自分の隣に眠る男に、遠い手の届かない存在に焦がれるようなしかたで、こんなにまで焦がれたことはなかった。

手の届かないところにいるのは奈緒子も同じだった。はるか遠くにいて不思議な光輝に包まれている。吉澤の本質は今もその光輝のなかに奈緒子と一緒にいるのであって、私のそばで眠る男は吉澤の影でしかない、そんな感触が私の焦燥をますます煽《あお》り立てた。

私にとって奈緒子と吉澤は、性を違えていながらまるで一卵性双生児のような存在だった。いつのまにか私は、一方で奈緒子に激しく嫉妬しながら、他方では奈緒子と吉澤の両方に恋をしているような、なんとも名状しがたい心を抱いているのだった。

ねっとりと重い蜜月《みつげつ》の空気が、吉澤と私と、そして目に見えない奈緒子とが暮らす部屋に充《み》ちていた。

週末も吉澤が出勤することが続いた後の久々の休日に、二人ともサンダル履きで散歩に出た。途中から私は彼の腕に腕を絡めた。本屋やパン屋に寄り、ゆっくりコーヒーを飲んでの帰り途《みち》、通りかかった園芸店の店先でどちらからともなく足を止めた。生暖かい風にもうすぐ雨になりそうな匂いが含まれている。あれやこれやと鉢を取り上げて勝手なことを言い合ってから、白い穂花の重みで首を垂れた房咲きアジサイを一鉢買うことにした。

レジカウンターで私が支払いをしている間に、吉澤は傷《いた》みかけた鉢花ばかりを捨値で売っているコーナーに屈みこんだ。買った花を抱えてそばに寄っていくと、短いポールに蔓《つる》を絡めた何かの小鉢を引き寄せてしげしげと眺めていた。

「めずらしいな。こんなところにあるなんて」私を見上げて瞬きする。「クレマチスだよ、エトワールローズという品種」

「でも蕾《つぼみ》もないし、枯れかけてるわ」

「そうだな」

吉澤はちょっと考えるふうだった。

「よし、買おう。ダメモトだ。弱そうに見えて案外強いんだ、この花」

コーヒー一杯分にもみたない代金を私が払おうとするのを止めて、彼はズボンの尻《しり》ポケットから自分の財布を出した。

数日後の夕方、今夜は帰れないと吉澤から電話があった。

「そろそろ潮時だと思うんだ。奈緒子と話し合ってできれば明日、午前中に手続を済ませたい。彼女の署名だけをもらえばいいように書類は整えてあるから」

なにも奈緒子のところに泊まる必要はないではないか、と喉《のど》まで出かかったが、そう、と短く答えた。吉澤が私との関係を奈緒子に告げたとき、彼女がやはり〈そう〉とだけ言ったことを意味もなく思い出し、するとある種の感慨が込み上げて胸が熱くなった。

今夜は迎えにいかなくていい、それだけのことで気が抜けたようになって、飲み終えたコーヒーカップをぼんやりいじっていた。暮れかけたベランダで、アジサイの穂花が白く発光している。そこに置いて水をやったまま、ついめんどうで取り込まずにいる。

アッと思ったのは、並べて置いたはずのクレマチスの鉢が無かったからだ。同時になぜか、吉澤が通勤に使っている黒いアタッシェケースが頭に浮かび、こうなることは彼があの鉢を買ったときからわかっていた、というおかしな納得を味わった。

立っていってガラス戸を開けた。広くもないベランダを、それでもひととおりは探した。エアコンの室外機の陰まで覗きこんでみたが、砂埃《すなぼこり》が溜《た》まっているばかりだった。

吉澤は今夜、奈緒子のところへクレマチスを持っていく。試作品や資料を持ち歩くためのアタッシェケースは、小さな鉢ひとつをしのばせるのに充分な容量があった。なぜわざわざあんな貧相なクレマチスを持参するのかはわからなかった。だが重苦しいほどに咲き誇ったアジサイを私の手元に残して、枯れかけたひ弱な植物を奈緒子に与える彼のその行為は、私を根底から打ちのめす何ごとかを雄弁に語っているように思えた。

翌日の夜、駅で吉澤を乗せてから、住居の近くのステーキハウスに寄った。

「予定通り、今朝一番で一緒に手続を済ませてきた」

ワイングラスを合わせてから彼が言った。どう応じればよいかわからなかった。彼らが肩を並べて離婚届を出しにいった、そのことにさえ嫉妬を感じてしまう。

「クレマチスの鉢、奈緒子さんにあげたのね」

答えになっていない。話が噛み合ってさえいない。しかし吉澤は顔色も変えない。

「そうなんだ。僕なりに色々やってはみたんだが、どうも日に日に弱っていくようでね。奈緒子はね、ああいうことにかけては天才なんだ。花屋に行っても、わざわざ枯れかけた鉢を選んで買う人だからね。今までにどれだけの花を生き返らせたことか。どうせ会うんだから、この際押し付けてしまおうと考えたわけだ」

「最後のプレゼントにしてはパッとしないわね」

声が震えたが、彼は気がつかない。空いた皿を押しやると、クリアファイルから抜き出した一枚の紙片を私の前に置いた。離婚届のコピーだった。

「一応、目を通しておいてもらった方がいいと思って」

様式の上部に二人の名が並べて書かれているのは、どちらも吉澤自身の筆跡だが、下の方の「届出人署名押印」の「妻」の欄に、流麗な女文字で奈緒子のサインと捺印《なついん》があった。証人として名を連ねた二人は私の全く知らない人たちだった。

「奈緒子さん、何か言ってた？」

「カラリとしたもんだったよ。君によろしくとまた言ってたな」

「これ、あなたが持っていて」書類を突き返す。

「いらないよ、僕はこんなもの」笑って言う。

「私だっていらない。持っていたくないわ」

「じゃあ、こうしよう」吉澤はくしゃくしゃと紙を丸めて、脂《あぶら》で汚れた皿の上に放った。「奈緒子のことはこれで忘れよう。これからは僕たちのことだけを考えよう」

ちょうどデザートを運んできたウェイターが、よろしいですか、とたずねてから無表情に皿と離婚届を持ち去った。

すぐに婚姻届を出すことはさすがにためらわれて、私たちはまた待機の状態に戻った。

離婚届のコピーなどただの紙っぺらにすぎず、肉汁にまみれて捨て去られたのだったが、それでも不思議なことにその夜を境に、吉澤と私のまわりにわだかまる奈緒子の存在感は徐々に薄らいでいくようであった。

一ヶ月もすると房咲きアジサイの花は萎《しお》れ、もういつ婚姻届を提出してもいい気分に私はなったが、逆にこのまま届けなどせずに吉澤と暮らし続けたとしても、それはそれで構わないという、張りつめていた何かが弛《ゆる》み始める気怠《けだる》さも感じていた。

何ごともなく二ヶ月が過ぎた頃だった。夕刻、食料品のレジ袋を両手に下げてエレベーターを降りた私は思わず立ち止まった。通路の先、部屋のドアの前に、何か鮮やかな、忽然《こつぜん》と出現した幻めいたものが在る。ゆっくり近づいていきながら胸が苦しくなった。

エトワールローズ。こんなに小さい花だったのか。金属製の支柱に隙間《すきま》なく絡んだみずみずしい蔓が、清楚《せいそ》な花を無数に咲かせて素焼きの鉢のまわりにしな垂れ落ちている。まるでバラ色の飛沫《しぶき》をあげる噴水だ。足元に荷物を置いて呆《ほう》けたように眺《なが》めた。彼女もきっと立ち去る前に、こうしてこの位置に立って最後にもう一度花を愛《め》でただろう。

鍵《かぎ》を差し込んでドアを開き、クレマチスの鉢を抱え入れると、部屋の空気に再び濃密な奈緒子の気配が充ちた。

「言っただろ、こういうことにかけて彼女は天才だって。それにしても、なんとまあ見事な」

夜、咲き乱れる花を目にした吉澤は、擦過音《さっかおん》だけの口笛を吹きながら花弁に指を触れた。怒りと悲しみと奇妙な歓《よろこ》びが私の胸に渦を巻いた。

「いったいどういうつもりなのかしら、彼女」

「どうって、別に、ただあんまり綺麗《きれい》に咲いたから見せたかっただけなんだろう。カードも添えないところが、あいつらしいじゃないか」

「別れた人のこと、あいつなんて呼ぶもんじゃないわ！」

「なんだ、急に。別に目くじらを立てるほどのことでもないだろう」

「ねえ、奈緒子さんて、そんなにも無邪気で可愛《かわい》くて、それこそ天使みたいな人なんでしょ。だったらあなた、いっそ今からでも彼女のところへ帰りなさいよ」

私たちはしまいには金切り声をあげて醜い言い争いをしたが、その途中、何かの弾みにふっつり黙り込んだ。やがて、二人で暮らし始めた頃によくあったような、容赦のない突然の発情が兆してくると、部屋の灯《あか》りさえ消さないまま、目と目で引き合うようにどちらからともなくベッドに身を横たえた。

奈緒子は天使ではない。そのことをはっきり知ったのは翌日の夜だった。いつものように駅で吉澤を乗せて、月極《つきぎ》めで借りている駐車場に戻ってきたときに何かが見えた。割り当てられたスペースの真ん中にそれはあった。

吉澤が降りて確かめに行った。続いて降りようとすると「来るな！」と厳しい声が飛んだ。構わず近づいて、しゃがんだ彼の肩越しに覗き込んだ。一瞬、赤ん坊、というより胎児の死骸《しがい》が転がっていると思った。掠《かす》れた叫びが漏れた。

「大丈夫だから、落ち着いて」そう言う彼の声も上擦《うわず》っている。死んでいるものの首に白いナイロン紐《ひも》が絡み付いている。

「猫だ」

「ち、ちがうわよ、猫なんかじゃない」

「猫だよ。耳もないし、毛を全部剃《そ》ってあるから、ちょっと見ただけじゃわからなかった」

言われた途端、吉澤の言葉どおりのものが私の目の中で像を結んだ。今度はもっと鋭い悲鳴が喉から迸《ほとばし》り出た。毛のない猫の首や足はびっくりするほど細かった。それはすでに猫でも何でもない剥《む》き出しの肉に成り果てていて、生白い皮膚に何本もしわが寄っていた。

「あの人よ、あの人がやったんだわ！」

「馬鹿な、何を言うんだ。彼女がこんなことをするはずがないだろう」放心した力ない声。

　私は駐車場の隅に両手をついて激しく嘔吐《おうと》した。瀕死《ひんし》の猫を苦痛から解放してやった後で、やはり道端で嘔吐したという奈緒子。縊《くび》り殺した猫にこれほどの残虐行為をなし得る奈緒子。両方の奈緒子が交錯して、鬼神《きしん》のようにはかりしれない一人の奈緒子になる。畏怖《いふ》とも恐怖ともつかない戦慄《せんりつ》が胃液に混じって後から後から込み上げてきた。


　数日後の夜の駅。たいていは先に着いて、タクシー乗り場の外れで私を待っている吉澤の姿が見あたらなかった。長くは停められないロータリーを、私は二度、三度と徐行で回りながら、改札口のあたりを目で探した。すると奈緒子がいた。

　一瞬目を疑った。待ち人の群れに混じって、三ヶ月前と同じ位置に同じ姿勢で立っている。ハーフコートのかわりに白いシャツブラウスを身につけていることだけが違う。

今度こそ逃がしたくない、咄嗟にそう思った。そのまま後続車に押されてロータリーを抜け、線路沿いの路に入り、目についたラーメン屋の前の一台分だけ空いているスペースにねじ込むように車を停めた。ドアを閉めるのももどかしく、小走りで駅に戻る。

会ってどうするつもりか、自分がいったい何を彼女に言う気なのかわからなかった。怒りも憎しみも恐れも不思議に感じない。ただやみくもに奈緒子のそばに行きたかった。間近に見、声を聞き、触れたかった。

たたずんでいる奈緒子の横顔を見つめながら近づいていった。気が急くのに足がもつれかける。悪夢のなかでもがいているみたいに、ひと足ひと足に実感がない。奈緒子と私の間をひっきりなしに人々が横切った。

そのとき急に奈緒子が歩き始めた。その視線の先を追って私はアッと声を上げた。タクシー乗り場のはずれに吉澤が立っている。迎えを待ってぼんやりと道路の方を眺めている。奈緒子はまっすぐ顔を上げ、だが忍びやかな足取りでその背後から接近していく。

私はなぜか駆け出していた。丸裸の猫の死骸が頭に浮かんだ。彼女はショルダーバッグの中を片手で探り、そのときだけちょっと歩調を緩めた。背を向けた吉澤が苛々と髪をかきあげる。客を乗せたタクシーが出て行く。取り出した何かを身体の前に構えた奈緒子が、再び背筋を伸ばす。走る自分の靴音がこめかみに鋭く響いた。吉澤の死角に奈緒子、奈緒子の死角に私、とほとんど一直線に並んだまま、みるみる距離が縮まっていく。

「やめて！」

叫び声もろとも奈緒子の背中に全身でぶつかった。ギャッと叫んで転倒した彼女の手から携帯電話がとんだ。反動で尻餅《しりもち》をついた私は、吉澤がさっと奈緒子に駆け寄り、抱くようにかかえ起こすのを呆然と眺めていた。怯《おび》えきってあんぐり口をあけた奈緒子は、個性的でも魅力的でもなかった。近くで見る彼女が、どこにでもいる肌のたるんだ中年女であることに愕然《がくぜん》として、私は無様《ぶざま》な姿のまま身動きができなかった。

奈緒子の怪我《けが》の有無を調べた吉澤は、散らばったバッグの中身を拾い集めながら、唇を引き攣《つ》らせて憎々しげに私をねめつけた。彼のそんな顔を見るのははじめてだった。

彼は奈緒子にバッグを手渡し、耳元で何か囁《ささや》きながら人目から庇《かば》うように停まっていたタクシーに乗せた。運転手に札を握らせる。奈緒子は彼にしきりと礼を言いながら、やっと立ち上がった私の方を、小さな目でおどおどと窺っている。バタンとドアが閉まる。

このままではいけないと思った。話すべきことを三人でちゃんと話さなければ。

「待って、奈緒子さん、行かないで！」走り去るタクシーに向かって叫んだ。

「やめないか、みっともない。いい見世物じゃないか。あの人が奈緒子だって？いったい何を考えているんだ」


車が走り出してからもどちらも無言だったが、最初の信号停止のときに吉澤が言った。

「怪我がなくてまだしもよかった。あのおばさん、旦那《だんな》の迎えを待ちくたびれてしまって、今からタクシーで帰ると電話するところだったそうだ」

頭が朦朧《もうろう》として、まとまったことが何ひとつ考えられなかった。

「だけど、やっぱり奈緒子さんは……、私たちのこと許していない、そうなんでしょ、ほんとはあなたもわかってるんでしょう、そうよ、彼女狂ってる、だから、あんなひどいことを……、クレマチスを置いていったかと思うと、その次の日には猫を、あんな……」

さっきの女が奈緒子でないとすると、奈緒子はどこにいるのか。三ヶ月前のあの夜、駅にいた女たちのどれがほんとうの奈緒子だったのか。

「ちがう、猫にあんなことをしたのは絶対に奈緒子じゃない。最近、近所で似たような事が何度も起きているのは、君も知ってるじゃないか。誰か頭のいかれた変質者の仕業《しわざ》だよ」

　確かに野良猫が目を潰《つぶ》されたり、足を切断されたりという話をよく耳にする。しかしあの猫の状態はそんなレベルを超えていたではないか。あの手の込んだ惨《むご》たらしさは、そのまま奈緒子の執念の激しさであるとしか思えない。

「どうして庇うの？　どうしてそんなふうに断言できるの？」

「……………」

　猫の死骸は、結局吉澤がポリ袋に入れて、埋めてやるために車でどこかへ運んでいったのだった。

「そこまで完璧《かんぺき》に、奈緒子さんを信頼し切っているということね、そうなのね」

「そんなんじゃない」

「じゃあ、どうして？　ねえ、あなた、いったい……」

　声がヒステリックになっていくのを抑えられない。運転する彼の上腕を強くつかんだ。
「奈緒子という女はね」吉澤はまっすぐに前方を見ていた。「いないんだ」
「え、何が？」
「奈緒子は死んだ母の名だ。僕に妻はいない。奈緒子は存在しないんだよ」
クッと息をのんだ。数秒の間、私は助手席で目を見開いたまま意識を失ってい
た。
「淋しかった、とても淋しかったんだ。奈緒子はね、母から生まれたんだよ。優し
かった母の記憶を何度も何度も反芻《はんすう》して自分を慰めるうちに、いつのまにかここ
に、頭のなかにいたんだ。母でもない、妻でもない、僕のなかに棲《す》むひとりの女
だ。現実の女よりリアルな女だ。現実の女たちを僕に惹《ひ》きつけ、しかもその女たち
から僕を守ってくれる女神だ。僕は奈緒子を支配しようとしながら、ほんとうは奈
緒子に支配されているのかもしれないな」
何かが真っ二つに割れたような気がした。同時にすべてを理解した。
「あれは、あの離婚届は……」今さら訊くこともないのに一種の惰性で訊いてしま
う。
「行きつけのバーのママに書いてもらった。顔なじみの常連たちがおもしろがって

証人になってくれた。別に役所の受領印があるわけじゃなし、簡単なものさ」

「あの花、エトワールローズ……」

「そう、僕がドアの前に置いた。だが猫はちがうよ。あれは断じて僕じゃない。きっと一連の動物虐待と同じヤツの仕業だろう。ああいうことはだんだんエスカレートするんだ」

「ひどいわ、いったいなぜこんなことを……」

「わかっているくせに。奈緒子は僕たちの関係に必要だった。僕たち、彼女がいたからこんなに燃え上がったんだろう？　そりゃあ、はじめは全部僕の一人芝居だったかもしれないけど、途中からは君だって結構熱心に奈緒子の創造に参加してくれたじゃないか」

「いや！　帰るのはいや」

唐突に声をはりあげる。前方にマンションが見える道路の、最後の交差点にさしかかっていた。

「あの部屋には、もう帰りたくない」

「はじめてだよ」

吉澤がぐいっとハンドルを切って左折する。

「奈緒子に会わせたいとまで思った女は君がはじめてだ。奈緒子のおかげで、今まではどんな女ともたいして深入りせずにすんだんだ。だけど君は特別だ、似てるんだよ、奈緒子に、つまり母に」

どこへ行けばいいのだろう。路はすぐに狭まって、夜の住宅街の捉えどころのなさが両側から迫ってくる。何度も角を曲がるうちに、暗い森林の奥へ奥へと入り込んでいくような奇妙な感覚に襲われる。そのくせ同じエリアをただぐるぐると巡っているのだという気もしてくる。ヘッドライトの先端が、白茶けた路面を次々と闇《やみ》から抉《えぐ》り出す。ウィンドウ越しにそれを凝視しながら、私たちはどこまでも夜道を走り続けた。

実家

新津きよみ

1

「じゃあ、また」

三日間世話になった母親にそっけなく挨拶をすると、「また、よろしくね」としつこく次の訪問を匂《にお》わせて、麻衣子《まいこ》は表に出た。

「お世話になりました」

門扉《もんぴ》のところで篠田房子《しのだふさこ》に頭を下げたのは、麻衣子の夫である波多野啓介《はたのけいすけ》だった。

「啓介さんも大変だと思うけど、身体《からだ》に気をつけて。無理しないでね。この子たちをよろしくお願いします」

運転席に乗り込んだ啓介に、筋違いの挨拶だと感じながらも、房子は深く頭を下げた。自分の娘を託《たく》した男である。孫も生まれた。その孫はチャイルドシートにくくりつけられて、房子に向かって手を振っている。「バアバ、バイバイ」と、あどけない笑顔を向けてくるのは、三歳になったばかりの章介《しょうすけ》である。二人目が麻衣子のお腹の中にいるが、まだ膨《ふく》らみは目立たない。

娘の家族が乗ったワゴン車が見えなくなると、房子は額の汗を拭《ぬぐ》って家の中に戻った。孫の相手をしたあとはどっと疲れが出る。章介はやんちゃ盛りでかたときも目が離せない。神経を遣《つか》うのだ。

「わたしだって少し息抜きしたいから」

そう言って、麻衣子は連休の前日になると夫の運転する自家用車で実家に子供を連れてやって来る。そして、最終日に迎えに来てもらう。そんなことを繰り返している。

「いいの？　休みの日は啓介さんのそばにいてあげないと」

あまりに頻繁《ひんぱん》に実家に顔を出す娘の家庭が心配になって諭《さと》したが、

「大丈夫よ。あの人、わたしが育児でストレスをためこんでいるのをちゃんと理解してくれてるから。二人目もできたんだし」

と、麻衣子は意に介《かい》さない。

実際、それで家庭もうまく回っているようだ。車の運転が趣味だという啓介は、足がわりに使われているのも苦にならないらしい。友人が多い彼は誘われる機会も多いようで、休日に自分の自由にできる時間ができてかえって喜んでいるのかもしれない。

しかし、麻衣子が子連れで来ると房子自身の自由な時間がなくなる。休日に入れておいた予定を急遽《きゅうきょ》変更したことも一度や二度ではない。いくら娘や孫がかわいいとはいえ、自分の時間が奪われるのは房子にもかなりのストレスになる。麻衣子は実家に来るのを息抜きと考えているから、章介を房子に預けて美容院に行ったり、友達と待ち合わせて買い物や映画に行ったりしている。その様子を見ていると、〈わたしが子供を育てたときは姑《しゅうとめ》の力も借りなかったのに〉と、少し腹立たしくさえ思えてくるのだ。同居していた夫の母親は「子育て中の女に自由時間のないのはあたりまえ」と考える厳《きび》しい人で、買い物や学校行事以外の理由で孫を預かったりは絶対にしなかった。

台所に戻って、房子は室内を見回した。義母《ぎぼ》が亡くなってからリフォームした台所だ。レンジのまわりの壁には義母の嫌《きら》いな色だった青いタイルをところどころに貼った。義母の痕跡《こんせき》を消し去りたかったのかもしれない。

「実家、か」

孫が使った食器を洗いながらつぶやいた。ここは、麻衣子にとっては実家に当たるわけだ。週末に来ては「お世話になりました」と礼も言わずに、当然のような顔をして帰って行く。玄関に入るたびにまず麻衣子が口にするのは、「あーあ、実家があるっていいわあ」である。子供が生まれる前にも、夫婦ゲンカをしたと言っては、何度も家出して来た麻衣子だった。

——「実家に帰らせてもらいます」ってセリフがよくドラマに出てくるけど、実家があるだけ幸せよ。

しみじみとそう漏らしたのは、房子より少し年上、七十歳手前の女性だっただろうか。以前、通っていた書道教室で知り合った女性だった。その女性の実家は跡継ぎが絶えてしまい、道路拡張の話が出ていたこともあり、とうに取り壊してしまったとか。

房子にも福島県内に「実家」はある。旧家の長女として生まれ、親戚を通じて見合いをして埼玉県の草加《そうか》市に嫁いだ。実家は兄が継いだはずだった。しかし、兄のところには子供がいない。兄の克郎《かつろう》は、現在、入院中である。三年前に一度軽い脳梗塞《こうそく》を起こして入院したのだが、今回は二度目で症状が重いらしい。房子もときどき見舞いに行くが、最近はまともな会話が成立する状態ではない。医者からは「覚悟しておいてください」と言われている。

——兄が死んだら、あの実家はどうなるのか。

実家の敷地内に房子の子供時代からある柿の木をぼんやりと思い浮かべていた

ら、電話が鳴った。

「母さん、俺だよ」

「俺ってどなたですか？」

「振り込め詐欺《さぎ》の電話じゃないよ。俺だよ」

と、聞き憶えのある男の声が言う。

「孝二《こうじ》でしょう？」

房子の息子だ。

「わかってるなら『どなたですか？』なんて聞くなよ」

「何なの？」

名古屋に住んでいるこの次男坊が電話をかけてくるときは何か頼むとき、と決まっているのだ。

「三万くらい銀行口座に入れといてほしいんだけど」

やはり金の無心だ。

「今度はどうしたの？」

「友達に飲み代やら何やら借りたんだけど、あさってまでに返さなくちゃいけないからさ。そうしないと信用にかかわる」

「友達に借りなくちゃいけなくなるような生活、しなければいいでしょう？」

「そうは言っても、月末になると足りなくなっちゃってさ。二、三万円のことじゃないか。このあいだもちゃんと返したでしょう。今度も頼むよ。マチ金から借りるよりはマシだろ？」

確かに、給料前に親から数万円を借りて、給料が入ったら全額ではないまでも半分くらいは返す。そうやって、いままでに借りた金額の八割は返しているだろう。大きな金額ではないし、借りる理由にもうそはないようだ。だが、騙《だま》す意志がないだけで、金を要求するのは振り込め詐欺と変わらない。

「わかったけど、もらったお給料の範囲で堅実《けんじつ》に生活できるようにしなさいよ」

そう釘《くぎ》をさして電話を切ろうとすると、

「福島のおじさん、そろそろ危ないんじゃないの？」

と、孝二は声を落とした。

「何言ってるのよ、縁起《えんぎ》でもないこと言わないで」

「だけど、いざそうなったら、おじさんが相続した財産、少しは母さんにも入ってくるんだろ？」

「あなたがそんなことを気にしなくていいのよ」

語調がきつくなった。自分が気にしていることを言われて、房子はドキッとしたのだ。房子の親の財産は跡取り息子の兄が全部相続していた。二人きりのきょうだい。問題は、兄の死後、それらがどうなるかである。

「とにかく三万円、入れておくから。今回かぎりよ」

強い語調のまま念を押して、電話を切った。

三十八歳になってまだ独身の孝二だ。生まれつき手先だけは器用で、大の自動車マニアだった。自動車科のある高校を出て専門学校に進み、知識と腕を生かして自動車整備士となり、名古屋に就職先を見つけた。いちおう専門職なので当分職を失う心配はないようだが、身を固める気など少しもなく、趣味を優先する自由気ままな暮らしを続けている。貯金もする気はないのだろう。高額のカー用品やオーディオ機器に給料を注《つ》ぎ込んだりするので、給料日前に金欠状態になっても不思議ではない。

――あの子に関しては、育て方を間違えたわね。

母親として反省してももう遅い。一度は子供のいない兄夫婦の養子にしよう、と思った次男である。しかし、その提案も十年前に克郎に断られていた。「孝二がうちの子になったとしても、みんなが幸せになるとは思えない」と言われて。

――長男が優秀でまじめな子に育っただけいいと思わないと。

房子は、そんな言葉で自分を慰めた。孝二の二歳上の周一《しゅういち》は、子供のころから学校の成績がよく、国立の医学部に入って医者になった。大学の医学部の教授の勧《すす》めで勤めたのは、島根県内にある総合病院だったが、そのうち地元の医師会長の娘と懇意《こんい》になり、結婚した。現在は、妻の父親が経営する個人病院に外科医として勤務している。苗字《みようじ》こそ篠田姓のままだが、実際は婿養子《むこようし》に入ったようなものだと房子はみなしている。その証拠に、妻の実家のすぐそばのマンションに住み、盆暮れにも仕事を理由に埼玉に帰省《きせい》することはない。もう三年以上も二人の孫には会っていなかった。写真でその成長ぶりを見るだけだ。

――孝二を養子にやらなくてよかったかもしれない。

長男の周一を嫁の家に取られた状態のいま、この家を継がせるのは不本意でも孝二しかいない。バカ息子でもいないよりはましだ。いつか心を入れ替えてくれるのを待つしかない。そして、地元に転職先を見つけて身を固めることも。

続いて電話が鳴った。胸騒ぎを覚えて受話器を取る。

「和代《かずよ》です」

兄嫁だ。

「克郎さんが危篤《きとく》状態に陥《おちい》りました」

房子の心臓は脈打った。

2

東北の桜は遅い。関東ではとっくに散ったが、こちらではようやく蕾《つぼみ》が膨らみ始めたところだ。新幹線を福島駅で降り、バスに乗って十五分、バス停からさらに五分ほど歩いてようやく実家に着く。

――この柿の木が桜の木だったら、もっと気分が明るくなったのに。

昔よりやせ細ったように見える幹を撫《な》でてから、房子は玄関の前に立った。

「大事なお話があります」

と、兄の葬儀から二週間が過ぎ、じりじりし始めたころに和代から電話があったのだ。「克郎さんが亡くなる前に書いたものがあるの」

書いたもの、と言われて、実際にこの目で見ないわけにはいかない。遺言《ゆいごん》としか考えられなかった。

縁側からのぞいていたのだろうか。呼び鈴を鳴らす前に引き戸が開いて、「電話をくれれば駅まで車で迎えに行ったのに」と、和代が現れた。

「バスに乗ったり、歩いたりするのも楽しいから」

と、房子は笑顔で応じたが、和代の顔には緊張の色が見てとれる。房子の胸の中で悪い予感が膨らんだ。その予感は、奥の座敷に通されて、そこに葬式のときに久しぶりに会った和代の弟と見知らぬ男を見つけるなり、さらに大きくなった。二人とも膝《ひざ》を崩していない。見知らぬ男のほうはスーツを着ている。

「遠くまでわざわざすみません」

定年まで役場に勤めたあとは畑仕事が生きがいだという和代の弟の顔も心なしかこわばっている。そして、「ああ、こちらはわたしの友人でして、いろいろと力になってもらっておって」と、東北訛《なま》りを隠しながら隣の男を紹介した。

「弁護士の飯山《いいやま》です」

東北訛りが少しも感じられない五十前後の男が自己紹介した。

弁護士と知って、房子の身体は硬直《こうちょく》した。遺産の分配の話に違いない。和代の弟の友人というのはうそで、東京から弁護士を呼び寄せたのだろう。

席をはずしていた和代が、漆塗《うるしぬ》りの丸盆に茶を載《の》せて運んで来た。季節に合わせた桜の模様の湯呑《ゆの》み茶碗だ。それぞれを三人の前に置くと、座布団の位置を直して座った。房子は、なぜ和代が苦手なのか改めてわかった気がした。几帳面《きちょうめん》な性格が房子とは正反対なのだ。いつだったか、実家に帰省したときに親戚の分まで手土産《みやげ》を持参したのだが、房子が何げなく部屋に置いた紙袋を和代がまっすぐに置き直すのを見てしまったのだ。ものの位置が正しくないと気がすまない性格なのだろう。そう思ってから、房子の和代を見る目は険《けわ》しくなった。兄夫婦に子供が生まれないことも実家から足が遠のく要因《よういん》の一つだった。子供のいない家庭に三人も子供を連れて気軽に遊びに行く気にはなれない。小さな子供は家を汚すと決まっているからだ。両親が健在なあいだは彼らが孫をかばってくれたので、年に一度は連れて行ったが、子供たちが成長し、両親が相次いで亡くなったあとは、家族全員で訪れてはいない。実家に帰省するときは房子一人と決めていた。

「じゃあ」

と、和代の弟が和代にちらりと視線を投げてから弁護士に戻した。

飯山が座布団の脇《わき》に置かれていた大きめの茶封筒を取り上げ、中から普通サイズの白い封筒を取り出した。

「これは、生前、栗山《くりやま》克郎さんがご自分でお書きになった遺言です」

そう説明して、「お読みください」と房子に渡した。

受け取る房子の指は震えた。兄嫁とその弟と弁護士。顔ぶれだけ見れば内容は想像できる。

だが、実際に書かれた文面を確認したときの衝撃は、想像以上に大きかった。

「これは……」

弱々しい筆圧だが、筆跡には見憶えがある。

「正式な文書です」

房子が呑み込んだ言葉を読み取って、飯山が言った。

「兄はいつこれを？」

房子が質問を投げかけた先は弁護士ではなく、和代だった。

「あの、わたしは……」

和代が答えようとしたのを、手と言葉で彼女の弟が制した。

「姉貴は答えにくいと思うから、かわりに俺が言いますよ」

最初は気取って「わたし」などと慣れない表現を使っていた弟が素《す》に戻る。ふだんは「俺」で話している男だ。

「義兄《にい》さんが亡くなる二か月ほど前ですよ。まだ意識がはっきりしていたころです。病室で遺言を書きたいと言うから、俺も立ち会ったんです」

「兄が自分から進んで書いたんですか？」

「姉貴が強要した、と言うんですか？」

和代の弟は気色《けしき》ばんだ。

「そんなことはありませんよ」

その場の空気が悪くなるのを防ぐように、弁護士の飯山が穏やかな口調で割り込んだ。「わたしが頼まれて、そのあとすぐに本人の意志を確認しましたから。この遺言は有効です」

「だったら、わたしは……」

何ももらえないんですか？　と先を続けるのが屈辱《くつじょく》的で、房子は言葉を呑み込み、それらが喉《のど》に引っかかって痛みを覚えた。

「これは、ご本人の意向なんです。お兄さんは、家を守ることよりも、自分の死後も妻が安心して暮らせることを第一に考えたのでしょう。故人のやさしい人柄がうかがえます」

飯山が結論づけるように言い、和代の弟が大きくうなずいて続けた。

「孝二君を養子に、って話を義兄さんが断ったときから、たぶん決めていたんだと思いますよ。なあ」

と、和代に顔を向けたが、和代は困惑《こんわく》した顔でうつむいている。

「わかりました」

長い言葉は吐き出せそうになかった。房子は立ち上がった。めまいがして少しふらついた。敵陣に長く居続けるわけにはいかない。だが、ここは自分が生まれ育った実家なのだ。そこが「他人」のものになろうとしている。

「車で送りますよ」と、和代の弟があわてた様子で追いかけて来たのを遮《さえぎ》って、房子は渋柿の大木のある実家をあとにした。

3

――全財産を妻に相続させる。

簡潔で短い文章が房子の頭の中を巡《めぐ》る。

紙切れ一枚で、実家の土地建物もすべて兄嫁である和代のものになったのだ。

――子供がいない場合、遺産の四分の一をきょうだいが相続できる。

法律の本を読んで、その程度の知識は得てあった。全額を和代が相続するとなれば、きょうだいには遺留分《いりゅうぶん》が認められていないため、房子が相続するものは何もない。遺言さえなければ、房子にはもらえるものがあったのだ。

——無理やりにでも孝二を養子にしておけばよかった。

そしたら、孝二が実家の跡取り息子になれたのである。生前、克郎が妹の自分に相談してくれなかったことを恨《うら》む気持ちより、遺言によって栗山家のすべての財産を自分たちのものにできる、と当然の権利のように考えている和代やその弟に対する憎しみの気持ちが増した。

和代が死んだら、和代のきょうだい、すなわちあの弟が財産を相続することになる。

——実家の財産が兄嫁のきょうだいのものになるなんて。

他人も他人、赤の他人ではないか。許せない。新幹線の中で歯ぎしりをしすぎたせいか、降りるころには顎《あご》に痛みが生じていた。

——あの人に何て言おう。

自宅に足を向けながら、夫の由紀夫《ゆきお》の顔が脳裏《のうり》に浮かぶ。

「おまえも何かしらもらえるんだろ？」

克郎の葬儀のあとにそう聞かれて、

「そうよ。そしたら、それはわたしのもの。好きなように使わせてもらうから。あなただってそうしてるんだからいいでしょう？」

と、皮肉たっぷりに言い返してやった房子だった。

孝二の性格は父親のそれを受け継いだのだと房子は思っている。由紀夫は金遣いは荒くはないものの、休日でも自分の趣味を優先させ、子育てに積極的にかかわろうとはしなかった。休みになると「釣りに行くから」と、朝早く出かけてしまう。「休みの日くらい子供をどこかに連れてってよ」と頼んでも、「うちにはおふくろもいるんだ。おまえも少しは好きなことをすればいいだろう」と返されてしまう。当時は家の中に義父母もいたので、子供の面倒を見るのに充分な人数はいる、と勝手に思い込んでいたのだろう。妻の言葉より母親の言葉のほうを信じる、という点ではマザコンと言えるかもしれない。「お義母《かあ》さんはね、買い物に行くときくらいしか子供たちを預かってくれないのよ」と厳しい現実を伝えても、「それで結構じゃないか。買い物に行ったついでに息抜きすればいいんだよ」とのんきに答える。

「買い物に費やす時間を計っているのよ。少しでも遅いと嫌みを言われるんだから」

「おまえは要領《ようりょう》が悪いんだよ。うまく息抜きしている人はいっぱいいるさ」

そんな会話の繰り返しばかりで、気がついたら房子は夫に何も望まなくなっていた。

孫ができてからも由紀夫の態度は変わらない。

「今度の連休、麻衣子たちが来るんだけど」

「ああ、俺は出かけるから。一日目は釣り、二日目は山歩き」

由紀夫は、釣りとカメラを持っての山歩きが好きで、同好の仲間も何人かいる。毎日、だらだらと家で過ごされるよりはいいが、妻の趣味に合わせてくれないのは寂しい。田舎育ちの房子はいまさら山歩きをするよりは、都心に出てデパートや美術館を巡ったり、芝居を観《み》たりするほうを好む。

「少しくらい孫の相手をすればいいじゃない」

「疲れるんだよ」

「何言ってるの。世話をするのはわたしで、あなたはただ笑って見ているだけ」

「章介はおまえになついているんだ。俺は怖がられている。しょうがないじゃないか」

あまりしつこく言うと、由紀夫は気分を損《そこ》ねる。章介は頭が禿《は》げかかった大人の男を見ると、なぜか大泣きするのだ。

姑と同居していたころは、母親の肩を持ち、妻をかばってくれなかった由紀夫である。姑が他界してからも当時のことで口ゲンカになると、「そんなにこの家が嫌いなら出て行けばいいだろ？　あちこちリフォームしてやって住みやすくなったっていうのに。おまえが『台所が使いにくい』って文句言うからさ。そういう台所でおふくろは黙って長年やってきたんだぞ」と声を荒らげ、ふたたびマザコンぶりを発揮して房子の口を封じる。

房子は、悔しさで胸が張り裂けそうになる。年金暮らしの夫婦だが、「この家は俺のもの」という意識が前面に出ている夫に、妻はつねに引けめを感じているのだ。それゆえに、まとまった額の遺産が自分の懐に入ってきたら、この家で少しは大きな顔ができる。妻としての発言権も増すだろう。

そうした目論見《もくろみ》が、あの遺言書のせいで崩れてしまった。

――もっと何か賢《かしこ》いやり方があっただろうに、とあの人に責められたらどうしよう。

財産分与がされなかったことをわたしのせいにされるのではないだろうか、と房子は不安に駆《か》られた。

足取りが重くなる。知り合いと顔を合わせたくなくて、駅の反対側のいつもは利用しないスーパーに入り、食料品を買った帰りだった。「どうせ遅くなるんだろ？夕飯は外で食べるからいい」と由紀夫に言われていたが、冷蔵庫の中に切らしているものがあると主婦としては気持ち悪い。頭の中では、実家でのできごとを夫にどう説明しようか考えていた。

スーパーの裏手には居酒屋がいくつか軒《のき》を連ねている。狭い路地だが、こんな場所にも車は入り込んでくる。車をよけるために路肩《ろかた》に身を寄せ、スーパーの袋を胸に押しつけていた房子は、数メートル前を歩く男女に気がついた。男のほうの後ろ姿は紛《まぎ》れもなく夫だ。外出時に着る茶色いブルゾンに禿げ頭を隠すためのニット帽。スピードを落とさない車から連れの女性を守るように、自分の側《そば》へとその腕を引き寄せた。「キャッ」という女の小さな嬌声《きようせい》を房子の耳が拾った。二人はそのまま抱き崩れるような格好で、すぐそばの居酒屋の中に吸い込まれて行った。

女が誰なのかはわからない。ただ、女の後ろ姿と上げた声が決して若いものではなかったことだけはわかった。房子と同年代だろう。いずれにせよ、初老の女の声だ。

居酒屋の入口の前に立ったが、踏み込むまでの勇気はない。二人の距離の近さが二人の親密度に直結しているように房子には思えた。由紀夫が女の腕を取るしぐさも自然に見えた。

ほてった顔で食事もせずに、夫の帰りを待った。二時間後に由紀夫は帰宅した。

「どうだった?」

と、ダイニングテーブルに座ったままの房子に由紀夫は聞いた。テーブルの上に何か食べた痕跡がないのを異様《いよう》に感じたのだろう。「夕飯は外で食べる、と言ってあっただろ？」

「飲んで来たのね」

「ああ、外ではいつもそうじゃないか」

ニット帽を脱ぎ、汗で頭に張り付いた薄い髪を撫《な》でながら、「風呂に入る」と廊下に出ようとしたが、「誰と？」という妻の質問に足を止めた。

「山歩き同好会のやつらだよ」

「メンバーには女性もいるの？」

「ああ、いるよ。言ってなかったかな」

「ああやって、おててをつないで山を歩くの？」

「どういう意味だよ」

「見たのよ、スーパーの裏で。お店の名前は『華《はな》』だったかしら。二人で仲良く入って行ったわね。抱き合うようにして」

由紀夫が深いため息をついた。

――見間違いだよ。

そう言ってごまかすのだろう、と身構えていたら、

「彼女とつき合ってるんだ」

あまりにあっさりと夫が白状したので、房子は返す言葉を失った。

「好きなんだ」

ストレートすぎる告白。呆《あき》れと怒り、恥ずかしさが喉元にこみあげてきた。

「開き直るのね」

「開き直るも何も、本当の気持ちなんだから仕方ない」

「誰なの？　いくつなの？」

「おまえの知らない人だよ。年齢は六十七だ」

「わたしより年上じゃないの」

二歳上で由紀夫と同年齢だ。

「だから何だと言うんだ。女は年齢じゃない」

「何言ってるのよ。わたしたちもう七十近いのよ。世間の認識では、年金暮らしの老夫婦よ」

「年相応《としそうおう》にわきまえろって言うのか？　感情は抑《おさ》えられるものじゃない」

いままで見たことのないまったく別の夫――一人の男がそこにはいた。額の生え

際が後退し、髪が薄くなり、腹が出てきてもなお妻以外の女に心惹《ひ》かれるなんて。嫌《いや》らしい。汚《きたな》らしい。

「もう一緒に暮らせないと思うのならそれでもいい。年金も半分にできるんだし、今日、おまえも何かしらもらえたんだろ？」

「出て行け、って言うの？」

「そうは言ってない。話し合いをする時間を持とう、と言っているだけだよ」

年齢の近い三人の子供の育児で疲れ切っていたときに身体を求められたことを、六十を過ぎて年金暮らしになってもなお求められた夜のことを思い出した。あのとき、「嫌らしい」「汚らしい」と口走ってしまったかもしれない。

「わたしの実家の財産のことなんてあなたに関係ないでしょう？」

そう言い返すので精一杯だった。

由紀夫はまた夜の街に出て行った。

4

「いきなり来るなんておかしいと思ったのよ」

章介が眠りに入ったのを見届けてリビングルームに戻った麻衣子は、母親に向かって眉《まゆ》をひそめた。ちょうどお昼寝タイムだったらしい。

「それで、いままでとは違う夫婦ゲンカって？」

ケンカをして顔をつき合わせるのが気まずくなったので一夜明けて家出して来た、と娘には告げたのだった。

「女がいるのよ。それもわたしより二つも年上」

「本当なの？」

「この目で見ちゃったし、本人がはぐらかさないで認めたのよ。好きなんだ、女は年齢じゃない、感情は抑えられない、ってね」

「バッカみたい」

と、麻衣子は噴《ふ》き出したが、自分の大きな声が寝ついた息子を起こすのではないかとハッとして隣室を振り返った。

「でも、目がすわってたわ。本気かもしれない」

「で、お母さんはその言葉を真《ま》に受けて別れるつもり？」

「それは、まだ……」

「一時的に熱くなってるだけよ、お父さんは」

「そうかしら」

「お母さんがお父さんの相手をきちんとしてあげないからいけないのよ。子育て中は忙しい、疲れただの言って、二人暮らしになってからはもういい年だからって」

「年金暮らしなのよ、お母さんたちは」

「年金暮らしだって、夫婦関係を続けている人は続けているわよ。あのね、お父さんみたいに頭が禿げるタイプの男は男性ホルモンが旺盛なんだって。だから、かなりの年齢まで身体を求めてくるとか」

「何言ってるの」

娘に説教されるとは思いもしなかった。房子は、苦笑してかぶりを振った。「こっちはね、穏やかに心豊かに暮らしたいのよ。孫の成長を見ながらね」

「お金があれば、穏やかにも心豊かにも暮らせるんじゃない？」

麻衣子がソファに身を乗り出してきた。「どうだったの？　福島のおじさんの遺産、入ったんでしょう？　四分の一って言えば、二千万だったら五百万？　土地建物のほかに株とか預金とかあればもっと多いかも。三千万だったらいくら？」

「それが……」

麻衣子の目に宿った期待の色を見てしまうと、事実を言いにくくなる。房子は足音を忍ばせて隣室に行き、ベッドに眠る孫の安らかな顔を見てから戻ると、ようやく告白する気になった。「全額和代さんのものになったわ」

「全額？　何で？」

麻衣子が素《す》っ頓狂《とんきょう》な声を出す。

「何でって、兄さんがそういう遺言を書いていたから」

「書かせられたんじゃないの？　だって、ずっと入院していたんでしょう？」

「でも、正式な遺言書だって。和代さんの弟のほかに弁護士も立ち会ってたの」

「弁護士も？　用意周到ね」

麻衣子は舌打ちした。一瞬、やっぱり、この子はわたしの味方ね、と思った房子だったが、「仲が悪かったの？」と、言葉を継いだ娘に違和感を覚えた。

「誰と？」

「おじさんとよ」

「別に、普通よ。もっと頻繁にお見舞いに行けばよかったんだけど、そうもいかなくて。行っても、兄さんと二人きりになるチャンスはなかったのよ」

つねに和代がそばにいた。

「お母さん、和代おばさんに冷たかったものね」

「そうかしら」

「嫌ってたでしょう？」

「そんなことないわ」

「じゃあ、好きだった？」

すぐには肯定《こうてい》できない。

「やっぱり、苦手な女だったんでしょう？　お母さんって気持ちが顔に出ちゃうんだよね」

「何を言いたいの、あなたは」

きょうだいの仲より伯父の配偶者《はいぐうしゃ》と母親との仲を問題視しているのだ、と房子は悟った。

「もっと好かれる努力をしていればこんな事態にはならなかったのに。ちゃんともらえるだけのものはもらえたのに」

娘のその言いぐさに房子はカチンときた。

「お母さんの実家の問題に口出ししないでよ」

言葉がきつくなった。

「そこでとどまっていてくれればいいけど、こっちに波及しそうだから」

父親に似てやや尖《とが》った顎《あご》を突き出して、麻衣子は弾丸をぶつけるように言い返した。「離婚なんてやめてよね、いい年して。六十も半ばを過ぎた年金暮らしの夫婦が別れて何の得《とく》があるの？　お父さんの浮気くらい何だって言うの？　そのくらい我慢してよね。その年の女がお金もなくて一人で生きていくなんてみじめよ」

一人で、という言葉に房子は凍《こお》りついた。この子は実の母親一人、受け入れるつもりはないのだ。

母親の顔色の変化に気づいたのだろう。麻衣子は、視点を変えて続けた。「大体、帰る実家がなくなったら、わたしはどうすればいいの？　これから二人目もできるのよ。お母さんをあてにできなくなるじゃないの」

「あなたに迷惑はかけないから」

頑《かたく》なな母親の姿勢に麻衣子はあわてたらしい。「お母さん、もう別れることを決めてるの？　ちゃんと二人で話し合ってよ。わたし、お父さんに電話をかけてあげようか」と、腰を浮かした。

「いいわ。これは夫婦の問題だから」

房子は、着替えと身の回りのものを詰めた大きめの鞄《かばん》を持って立ち上がった。

「あのね、お母さん。啓介さんはやさしい人だけど、ああ見えて、家族にしか見せない顔があるのよ。気むずかしいって言うか。自分の生活スタイルを壊されるのを嫌うの。だから、もう一人増えたらどうなるか。ここは狭いし、お母さんの部屋もないわ。二人目ができたらうちはもっとお金がかかるしね。マンションのローンも……」

——わたしは邪魔者扱いされている。

麻衣子は、玄関に向かう母親の背中にうわずった声でたたみかけていたが、房子はそれを無視して娘の家を出た。

5

——実家があるだけ幸せよ。

書道教室で知り合った女性の言葉が思い出された。実家はある。だが、すでに他人のものだ。房子が帰る場所ではない。麻衣子も実家にこだわっていたが、自分もまだ実家への執着を捨て切れないのか。

六十五歳の女が家を出て行く場所がないのを、房子は改めて知って愕然《がくぜん》とした。一泊くらい気軽に泊めてくれるような間柄の友達を作る努力はしてこなかったし、そういう友達がいたとしても、相手が一人暮らしでもなければ配偶者に気を遣う。

——あの人をあわてさせるためにも数日家出したほうがいいかもしれない。

そう思って荷物をまとめて家を出て来たが、娘には露骨《ろこつ》に嫌な顔をされた。

——周一なら……。

しばらく会っていない長男がたまらなく恋しくなった。曲がりなりにも篠田家の長男だ。嫁の家に奪われた形になっていようと、苗字は篠田姓のままだ。小さなころから責任感や正義感が強く、親や先生の言うことをよく聞く子だった。いまもその性格は変わっていないだろう、と房子は思った。親を敬い、大切に考えるはずだ。

周一に会いに行こう、と房子は決意した。誰も思いつかないような長男なりの解決策を考え出してくれるかもしれないし、父親に腹を立てて母親をかばってくれるかもしれない。そうすれば、いまは頭に血が上っている由紀夫も目を覚ますだろう。

——そう言えば、昔からあの子は、お父さんとは考え方が違ったし、どちらかというとわたしの肩を持ってくれていた。

義父母のいない場で子育てを巡って言い争いになったとき、唇を噛《か》み締めて父親を睨《にら》んでいた周一である。あとで、周一は房子にこう言った。「ぼくはお父さんみたいには絶対にならない。もっと家庭を大切にする。子供と一緒に遊んで、子供に慕われるような父親になるからね」と。

離れている子のほうが客観的な見方ができるかもしれない。房子は、たまらなく周一の顔が見たくなった。きっと、嫁に遠慮《えんりょ》しているだけで、本心では母親のわたしに会いたいのかもしれない。

房子は携帯電話を持っていない。空港に着いて周一の携帯電話にかけてみたが、留守番電話になっていた。メッセージの録音の仕方に戸惑い、何もメッセージを残さずに、電話を切ってから国内便に乗った。出雲《いずも》空港に着いたときはすでにあたりは暗くなっていた。

松江市内の周一が住むマンションに着いたころは、夕食の心配をする時間帯になっていた。松江には、周一の妻の両親が地元でも結婚披露《ひろう》をしたいから、と招待してくれたときに来たきりである。そのときは宍道湖畔《しんじこはん》の大きなホテルに泊まらせてもらった。周一の自宅のマンションには行ったことがない。だが、住所は知っていたので、タクシーの運転手に住所を教えて何とか連れて来てもらったのだった。

しかし、エントランスに入って部屋の番号のボタンを押してみても応答はなかった。外食しているのだろうか。管理人室の窓口は閉まっている。もう一度周一の携帯電話にかけてみる。留守番電話設定がされている。

十五分ほどそこで待ち、諦《あきら》めて帰ろうとしたときだった。見憶えのある女性の顔がガラス扉の向こうに現れた。目が合った瞬間、彼女の目が驚いたように見開かれた。

「まあ、お義母さま」

扉を開けて、周一の妻の真季《まき》が入って来た。「どうなさったんですか?」

「あの、いえね……」

先に周一に会うことしか頭になかったので、房子はうろたえて言葉に詰まった。

「周一さんは、今夜は当直なんですよ」

「あら、そうなの」

「連絡くださったんですか?」

真季の目に〈突然、何しに来たのだ〉という訝《いぶか》しげな色がちらついている。長身の真季なので、見下ろされている形になり、少し萎縮《いしゅく》してしまう。

「いえ、そうじゃないの。周一の携帯にはしたけど」

「あの……周一さんから聞いていませんか?」

「何を？」

「ここ、引っ越すんです。というか、子供たちはもう引っ越したんです。だから、学校にはあちらから通っているんです。わたしはちょっと忘れ物を取りに来ただけなんです。しばらくはここも借りているので」

知らなかった。房子は、無人島に一人きりにされたような感覚に陥った。

「周一さん、『ぼくから話すから』って。とっくに知らせたと思っていました」

真季の言葉が〈だから、わたしには責任ありません〉というふうに房子の耳には聞こえた。周一の家に房子がかけた電話に真季が出ると、「周一さんはいません」と応じるか、すぐに孫の声を聞かせるかのいずれかである。姑の自分とはあまり話したくないのだ、とは感じていたが、もしかしたら自分は最初からこの嫁に嫌われていたのかもしれない、といま房子は理解した。姑と接触する機会を極力減らそうとしている嫁だ。

「実は、半年前からわたしの実家の敷地内に家を建てていたんです。ここが狭くなったので。両親のそばにいてあげたほうがこちらも安心だし、子供たちものびのびと育つ気がして」

真季は、夫が伝えるはずだった内容を自分の口から伝えた。

「二世帯住宅みたいなものかしら」

「はい」

「そうなの」

房子が置き去りにされた無人島には誰も迎えには来ない。

「お義母さま、これからわたしの家に行きます？」

「えっ？　ああ、いいのよ。わたし、こっちには旅行に来ただけだから。もうホテルに帰らないといけないの。お友達が待ってるし」

「そうなんですか？　どこのホテルでしょう。お送りしますよ」

真季の身体はもう外に向いている。

「いいの、いいの。一人で帰れるから。真季さんは忘れ物を取りに行って」

これ以上、こわばった顔を見せられない。房子はガラス扉を開けて、マンションから足早に立ち去った。

6

今日中になるべく東京に近づきたい。松江のホテルや旅館には泊まれない。真季から話を聞いた周一に捜されては困るからだ。

——二世帯住宅にすることを母親のわたしには黙っていた。

話しにくかったのだろう。それが何を表しているのか、房子にはわかっていた。

明らかに、周一は嫁の家に奪われたのだ。周一はもう篠田家の人間ではない。嫁の家の人間だ。

在来線《ざいらい》で米子《よなご》まで行き、そこで乗り換えて倉敷《くらしき》まで行く。遅い時間の新幹線に乗って大阪に着いたときにはぐったりしていた。

六十五歳にしてはじめてビジネスホテルに泊まった。空いていればどこでもよかったが、シングルベッドが置かれた壁まで煙草《たばこ》の匂いが染みついた部屋には閉口した。孝二は夜更《よふ》かしが習慣になっているはずだ。時間も気にせずに、房子は部屋の電話を使って孝二の携帯に電話をした。単身で住んでいる部屋であれば、いく晩か泊めてもらえるだろう。

「どこにいるんだよ」

かけてきたのが母親だとわかると、孝二は語気を強めた声で応答した。「家にかけたけどいなかったじゃないか。旅行に出たんだって?」

「お父さんがそう言ったの?」

「ああ」

低い声を出した直後、「入っていなかったじゃないか」と、孝二は怒った声をぶつけてきた。

「ああ、忘れてたわ。忙しくて」

孝二の口座に入金し忘れていた。

「困るじゃないか。俺の信用、丸潰れだよ。もう借りられないじゃないか」

「電話にはお父さんが出たんでしょう？　お父さんに借りればいいじゃない」

「そんなことできるかよ」

孝二は、泣きまねをしてみせてから、「母さん、お金が入るあてができたんだって？　だから早々と優雅《ゆうが》に旅になんか出ちゃってさ。お願いだから助けてよ。ねっ、入れといて」と、今度は甘えた声に転じる作戦に出た。

「勝手になさい」

突き放して、房子は電話を切った。長男も長男なら次男も次男だ。頼ろうとした自分がバカだった。まったく情けない。誰もあてになんかできない。

疲れていたせいか、子供たちを精神的に切り捨ててしまい、気分が軽くなったせいか、思いのほか睡眠がとれた。トーストとコーヒーの朝食を済ませて新幹線に乗った。いつまでも日本中を逃げ回ってはいられない。子供たちに頼れないことがわかったし、第一、お金が続かない。

――わたしの帰るところは、やっぱり、草加の自宅しかないのだ。夫のいるあの家しか。

気持ちは夫のもとには戻れないが、生活の術《すべ》は何とか確保しなくてはいけない。どこまで妥協《だきょう》しようか、どう切り出そうか。思案《しあん》しながら自宅まで行くと、生け垣に沿って見たことのない乗用車が駐車してある。来客だろうか。

音を立てないように静かに玄関ドアに手をかけた。鍵《かぎ》は掛けられていない。家の中に自分以外の人間がいるときは鍵を掛け忘れることの多い由紀夫である。

ドアを開けると、人の声が奥から流れてきた。女の声も混じっている。

――あのときの女だ。

房子は、笑い声で直感した。わたしの留守中、女を連れ込んでいる。同性の仲間も一緒だろうと女を家に上げた事実に変わりはない。身体中が熱くなった。踵《きびす》を返し、駅へ向かった。自分にはもう帰る家はない。子供にも頼れないし、夫と家庭を築き上げた草加の家も他人に侵されてしまった。

7

渋柿の太い幹にもたれかかって、房子は自分が生まれ育った家を見ていた。玄関チャイムを鳴らしてみたが応答はなかった。すべての雨戸が閉まっている。和代はどこかに旅行にでも出たのだろうか。

——懐かしい思い出のたくさん詰まったこの家。

何度改装されても部屋の間取りだけは変わらない。二階の一室で受験勉強をした日々がよみがえる。兄の部屋もあった。お雛様《ひなさま》を飾った部屋と祖父母の葬儀をした部屋は、一階の同じ部屋だった。

——わたしのものになるはずだったのに。

房子は、苦々しい思いで実家を見つめた。柿の木一本も自分のものにはならなかった。兄が残したあの遺言書のせいで。

——実家なんてなければいいのだ。

書道教室で知り合ったあの女性の実家のように、どうせなら取り壊してしまえばいい。影も形もなくなれば、実家への未練も捨てられる。

そうだ、いっそのことなくなればいい。跡形もなく。

いま、この家には誰もいない。無人だ。勝手知ったるわが家、わが実家である。

房子は、ゆっくりと建物に近づいて行った。

8

結局、帰る家はここしかなかった。草加の自宅の前に立ち、生け垣の前に乗用車がなくなっているのを確認して、房子は玄関ドアに手をかけた。鍵がかかっている。夫はあの連中と一緒に出かけたのか。

ふと郵便受けを見ると、白い封筒が入っている。取り出してみる。房子あての速達だ。差出人は栗山和代。

かきむしられるような激しい胸騒ぎを覚え、その場で封を切った。便箋《びんせん》に和代の几帳面な字が並んでいる。

房子さん、今日はごめんなさい。弟が同席していたので、自分の本当の気持ちを房子さんに伝えることができませんでした。

克郎さんを失ってしばらくは気が抜けたようになっていました。でも、やっと女一人で前向きに生きていく気力がわいてきたのです。気持ちを切り替えるために明日から旅行に出ます。生まれてはじめての一人旅です。

その前に、房子さんに伝えておきます。わたしを大切に想ってくれた克郎さんの気持ちは嬉《うれ》しいのですが、やはり、ここの土地建物は房子さんに継いでもらうのが筋だと思います。房子さんが生まれ育ったおうちです。ここは、房子さんに遺贈することに致します。法律的には、わたしがそういう内容の遺言を書けば、ここは房子さんのものになるそうです。

弟はわたしの気持ちをまだ知りませんが、しかるべき場所に遺言を保管するように弁護士さんに頼んでおきます。


「バカみたい」

自分の愚《おろ》かさに気づいて、房子はそう吐き捨てた。

取り返しのつかないことをしてしまった。

炎に包まれる実家の映像が房子の脳裏に浮かび上がる。実際にこの目で見たわけではなかった。炎が出るのを見届ける前にその場から逃げ出してしまった。

だが、自分の実家である。細部まで知り尽くしている。どこがいちばん燃えやすいのか。建物のまわりのどこに燃えやすいものを置いているのか。

家の中で電話が鳴っている。

妻が帰宅したのを確認する由紀夫からの電話なのか。両親の仲を取り持とうとする麻衣子からの電話なのか。母親の突然の訪問を妻から聞いて狼狽《ろうばい》した周一からの電話なのか。金を催促《さいそく》する孝二からの電話なのか。それとも、実家の火事を知らせる親戚からの緊急の電話なのか。

房子は、鳴り続ける電話のベルを家の外で聞いていた。

祝辞

乃南アサ

親よりも、姉妹よりも大切な存在なのだと言われて、彼女がいなければ今の自分は違う人間になっていたかも知れないとまで説明され、二人の過去にあった色々な話を、それこそ嫌というほど聞かされていたから、敦行《あつゆき》は、長坂朋子《ながさかともこ》という女性に対して、既にそれなりのイメージを抱いていた。

1

「あれ、あっくん、緊張してるでしょう」

待ち合わせの場所に駆けてくるなり、摩美《まみ》は敦行にしがみつき、遅刻の詫《わ》びよりも前にそう言って、悪戯《いたずら》っぽい顔で笑った。

「お昼休みにね、朋子に電話して確認しておいた。ちゃんと来るって」

甘えん坊の摩美は、敦行と一緒にいる時には必ず手をつなぐか腕を組みたがる。今日も、彼女はすぐに敦行の腕に白い手を回してきた。その途端に、敦行は約束の時間から三十分近く待たされたことも忘れてしまった。十日ぶりに会う彼女は、本人のお気に入りで、以前に敦行も褒めたことのある、サーモン・ピンクのチェックのパンツに、白いふわふわとしたニットを着ていた。輝くばかりの笑顔で、スキップさえしそうなほどにはしゃいで、彼女は敦行に「朋子もね、何だか緊張してるみたいだった」と言った。敦行は、自分も目を細めながら、遠からず自分の妻になる日の摩美のことを想像していた。白の似合う彼女は、ウエディング・ドレスを着たら、まさしく白雪姫みたいに見えるに違いない。

「俺の方が緊張してるさ。何ていったって、摩美のお目付け役と会うんだもんな、嫌われたら困る」

腕を取られたまま歩き始め、敦行が正直に答えると、摩美はピンク色に塗られた小さな口元にわずかに力を入れ、内緒話をする子どものような顔で笑った。ちょっと下がり気味の摩美の目は、こんな笑顔になると、本当にとろけそうに見えた。

「朋子はねえ、恐いよぉ。人を見る目は確かだし、頭の回転は速いし。彼女の眼鏡にかなわなかったら、次の難関なんか、絶対に突破出来ないから」

「嫌だなあ、結局、俺を値踏みするんだろう？　君にふさわしいか、君の両親に会いに行くのにふさわしい男か」

敦行は、未《いま》だに童話の中のお姫さまに憧《あこが》れているような部分のある摩美に、艱難《かんなん》辛苦《しんく》を乗り越えて愛を打ち明けようとする王子さまになったような気分になっていた。お姫さまというものは、男が自分のために苦労しているのを案外澄ました顔で見守り、彼が何とか自分の元へたどりつくと、ようやくにっこり笑うものだ。

「もしも、俺じゃ失格だって彼女に言われたら、どうする？」

日毎《ひごと》に秋が深まり、つい一カ月前までは汗をかきながらふうふう言って歩いたはずの道には、乾いた風が吹き抜けていた。敦行はふと、昨年の今ごろのことを思い出していた。昨年の今ごろ、摩美は既に今と同じように敦行の隣を歩いていた。けれど、お互いにまだぎこちなくて、腕を組むどころか互いを名字で呼びあっていたはずだ。敦行にしても、あの頃はまだどうやって彼女に近付いたら良いものか、迷っていたと思う。摩美は、敦行と同じ会社に勤めていたが、いつもぱたぱたと走り回っているという印象の、不思議な感じの子だった。あまりに無防備ですれたところがなく、それが芝居なのか、本物なのかも判別出来なかった。

「あの人は駄目だから、別れた方がいいとか、言われたらさ」

「え――そんなこと、言わないわよ」

「分からないぞ。そうしたら、あっさり、彼女の言うことを聞いて諦《あきら》めるか？」

「ああん、もうっ。意地悪。そんなこと、ないったら」

摩美はわずかに唇を噛《か》んで、拗《す》ねたような顔で敦行を見る。敦行よりも四歳年下の、二十四歳の摩美は、こうして見ると去年とどこも変わらないどころか、幼い少女のままに見えた。だが、たった一年の間に、摩美は確実に変わったはずだった。現に、敦行との結婚に踏み切ろうとしているのだから、その変化の大きさといったら、大変なものだ。

「でも、そんなになったら、どうしよう。私、悲しくなっちゃうだろうな」

敦行にとっても、この一年間というものは本当に貴重だったと思う。すべての季節が新鮮に見え、すべての風が心に染《し》み渡るような一年だった。大きな喧嘩《けんか》が二回と、小さな喧嘩がたくさん、笑ってばかりいた季節の所々にちりばめられて、それすらも輝いていたような気がする一年だった。そして、その喧嘩の度に摩美の愚痴を聞き、力になってくれていたのが、これから会う朋子だというのだ。

「朋子はね、はっきりした性格だから、第一印象で決めちゃったら、多分顔に出すと思うな」

「余計に憂鬱《ゆううつ》になるよな。俺の悪口なんかも、たっぷり聞かされてるんだろう？」

「そんなこと、ないってば」

摩美は、くすくすと笑いながら「あっくんらしくない」と言った。

「私はね、二人は案外気が合うんじゃないかと思ってるの。仲良くなってくれると嬉《うれ》しいんだけどな」

敦行は、果たしてそうなれるものだろうかと思いながら、「俺の方は、そのつもりだけどね」と答えておいた。本当は、朋子という娘と自分とは、摩美を挟んでのライバルみたいな関係になりはしないか、という気がしている。女の友情というのがどんなものだか知らないけれど、朋子という女性にとっては、自分は親友を奪ってしまう憎い男になるのではないか、ちょっとした恋敵《こいがたき》に近い存在になるのではないだろうかという心配があった。

「まだ、来てないみたい」

待ち合わせをした店の中をくまなく見回した後で、摩美は、少しほっとした顔で敦行を見た。やはり彼女も多少は緊張しているらしい。敦行は、本音を言えばこのまま二人だけでずっと過ごしたいのにと思いながらビールを注文し、まずは二人だけで乾杯をした。

「時間には正確な子なんだけど」

摩美だけは、時計を見ながらそわそわしているけれど、敦行は彼女が先に到着していなかったことに感謝していた。これで、こっちの緊張は多少なりともほぐれることになる。後から来た方が分《ぶ》が悪いに決まっているのだ、などと、取引相手と会う時みたいなことを考えた。さすがに料理まで注文してしまうのははばかられたから、ビールだけをちびちびと飲んでいると、やがて摩美が、「あ、来た来た」と言って店の入り口の方を見た。その瞬間、敦行はようやくリラックスした気持ちがいっぺんに引き締まってしまうのを感じた。

「すみません、遅くなっちゃって」

紺色のシンプルなスーツに、淡い色調のスカーフをあしらい、大きな黒いバッグを持った娘が、緊張した笑顔で近付いてきた。敦行は慌《あわ》てて席から立ち上がって、その娘を迎えた。

ショートカットに、よく日焼けした引き締まった顔つきの彼女は「長坂朋子です」と言って、きっちりと頭を下げる。敦行も習慣的に手が背広の内ポケットに伸びてしまって、つい名刺を出しながら挨拶《あいさつ》をすることになった。「近藤です」と挨拶をすると、朋子は恭《うやうや》しい手つきで名刺を受け取り、丁寧にそれを見つめた。一人で席に座ったままの摩美は、目をきょろきょろさせて敦行と朋子を見比べていたが「とにかく、座ろうよ」と、手をひらひらとさせた。

「商談じゃないんだから。そんなに堅苦しい挨拶すること、ないのに」

くすくすと笑いながら摩美が言う。敦行もぎこちなく笑うと、やはり硬い笑みを浮かべている朋子が座るのを待って自分も腰をおろした。

改めて乾杯をし、テーブルに料理が並び始める頃には、ようやく落ち着きを取り戻すことが出来た。会話の大半は摩美と朋子の間で交わされていたから、敦行は時折は相づちを打ったり、適当なところで多少発言をするくらいで、その間に朋子を観察することにした。

いかにもキャリア・ウーマンらしく見える朋子は、確かに摩美の姉さん格だというのも納得出来る雰囲気を持っていた。同級生だったのだから年齢は同じはずなのだが、朋子と比べてしまうと、摩美はずっと幼く、頼りなく見える。物腰も口調も表情も、少女の雰囲気が抜けきっていない摩美に比べて、朋子は既にすっかり落ち着いた大人の女という感じだった。敦行は、朋子を摩美と同じような雰囲気の娘とばかり想像していたから、この組み合わせは意外にも新鮮にも感じられた。

「ところで、どう?」

やがて、料理の大半が平らげられた頃に、摩美は悪戯っぽい表情でちらりと敦行を見たあと、視線を朋子に移した。敦行は、再び緊張がぶり返してきて、グラスを持つ手を宙に浮かせたまま、摩美と朋子とを見比べた。

それまでは時折声を出して笑いながら、くつろいだ表情を見せていた朋子が、摩美に「判定は」と促された途端にすっと真顔に戻った。

「近藤さん」

薄い唇をきりっと結び、ビールにもまったく酔っていない様子で正面から見据えられて、敦行は慌てて自分もグラスをテーブルに戻した。

「摩美のこと、よろしくお願いします」

次の瞬間、朋子は、深々と頭を下げていた。敦行は、胸の奥が熱くなるのを感じないわけにいかなかった。

「この子、甘えん坊で我儘《わがまま》で、手がかかって大変だと思いますけれど、本当に可愛《かわい》い子ですから」

「――はい」

「幸せにしてあげて下さい」

一人だけビールで顔を赤くしていた摩美が、涙ぐみそうになっている。敦行も、何だか本当の身内に挨拶されているような気分になった。

「ああ、よかった。これで、私は肩の荷が下りたわ」

一瞬、周囲を支配した、神妙で湿っぽい雰囲気を、朋子自身が壊してくれた。敦行は、感動と呼んでさしつかえのない熱いものを感じたまま、恥ずかしそうに笑っている摩美と朋子とを眺めていた。彼女たちは、敦行よりもずっと長い歴史を共有している。本当に強い絆《きずな》で結ばれてきたのだろう。そう思うと、敦行は摩美のためにも、朋子とは親しくならなければと思った。

「何しろ、摩美は昔から、小さなことにも大騒ぎして、弱虫のくせに短気と来てるから、本当に手がかかって大変だったんです。今度からは、その面倒を見るのは近藤さんの役目ですからね。ポメラニアンみたいに、きゃんきゃん、言われますよ」

ポメラニアンという表現が的を射ていて、敦行は声を出して笑った。摩美は「ひどぉい」と言いながら、半分膨《ふく》れっ面《つら》で自分も笑っている。

「さすが、親友だな。よく分かってるじゃないか」

とん、と指先で摩美の額を押すと、摩美は「もう」と言って、それでも嬉しそうな顔をしていた。

「あんまり吠《ほ》えられたら、たまには掩護《えんご》射撃をして下さいよ」

「あ、駄目よ。朋子は私の味方なんだからね」

「駄目だよ。公平に見てもらわなきゃ」

敦行と摩美がかわるがわるに言うと、朋子はくすくすと笑いながら「犬も食わない喧嘩に巻き込まれるのなんか、真っ平よ」と澄ました顔をした。摩美が、はしゃいだ声を上げて明るく笑う。このところ仕事の疲れがたまっていた上に、ようやく緊張が解けて、敦行は急にアルコールが体内を駆け巡り始めるのを感じた。

「第一関門、突破ね」

摩美は嬉しそうに敦行と朋子を見比べ、この上なく幸せそうに、満足して見えた。敦行も、賑《にぎ》やかな女性の笑い声に包まれて、いつになくうまい酒を飲んだ。

朋子は理知的な雰囲気を身にまとい、話術が巧みで、摩美とはまた違った魅力を持った娘だった。敦行は、グラスを重ねるうちに、まるで男同士で酒を酌《く》み交わしているような爽快《そうかい》感を覚え始めた。

「そういうこと、摩美にももっと教えてやって下さいよ」

朋子が意外なほど幅広いらしい知識の一端を垣間見せる度に、敦行は内心で驚きながらそう言った。すると、朋子は柔らかい笑顔で摩美を見て、摩美は拗ねた表情になる。確かに、これは良いコンビに違いない、と敦行は思った。もしも、摩美と所帯を持った後も、朋子ならばいつでも歓迎出来るだろう。さして努力する必要もなく、回を追うごとに、自然に親しくなれるに違いない。

「しっかりした子だなあ」

朋子と手を振って別れた後、再び腕に絡《から》み付いてきた摩美に、敦行はさっそく感想を言った。摩美は嬉しそうに「そうでしょう」と言って、「私の自慢なの」とつけ加えた。

「朋子ちゃん、彼氏は?」

「今は、いないんじゃないかなあ。夏にね、別れちゃったの」

「まあ、あの子にかなう男は、あんまりいないかも知れないよな」

人気《ひとけ》のない街を、夜風に吹かれてのんびりと歩きながら、敦行はふうっとため息をついた。心地良い酔いが多少のだるさをともなって、全身をぼんやりと包んでいる。

「でも、心配してないのよ。あの子、モテるんだから」

「そうだろう。分かる気がするよ」

「あっくん——」

ふいに摩美の手に微《かす》かに力がこもって、敦行は腕を引かれて立ち止まった。外苑《がいえん》前の道には人影は少なく、赤い空車のランプを点《とも》したタクシーが、猛スピードで流れていく。

「朋子みたいなタイプの方が好き?」

街灯の明かりに瞳《ひとみ》を輝かせて、摩美は心配そうな顔で敦行を見上げている。敦行は、思わず笑いながら、摩美の肩を抱き寄せた。

「俺はね、この子がいいんだ。この子の友達だから、あの子もいいっていうだけ」

「この子がいなかったら？　あの子と付き合いたい？」

「この子はね、いなくならないの。俺の嫁さんになるんだから」

敦行が囁《ささや》くと、摩美はわずかに体重を預けてきて、小さく「よかった」と呟《つぶや》いた。敦行は、何気なく周囲を見回して、人通りが絶えていることを確認すると、素早く摩美にキスをした。いつの間に口に放り込んでいたのか、摩美はミント・キャンディーの味がした。

2

次のデートの時に、敦行は摩美から意外な話を聞かされた。つい数日前に会ったばかりの朋子が身体《からだ》の具合を悪くしているらしいというのだ。

「どこが悪いんだって？」

その日は休日だったから、敦行は車に摩美を乗せ、久しぶりに少し遠出をするつもりだった。助手席の摩美は、口を尖《とが》らせて「さあ」と小さくため息をつく。

「他の友達から連絡をもらったの。急に『朋子、どうしちゃったの』って言われて、びっくりしちゃった」

「摩美には連絡くれなかったの」

「その友達もね、偶然電話して分かったんだって」

敦行は、ハンドルを握りながら、先日の朋子の表情を思い起こしていた。それほど病弱という雰囲気でもなかったし、むしろ丈夫で健康そうな娘だったという印象が強いのに、持病でもあるのだろうかと思った。

「だから、私も電話してみたの——そしたらねえ」

摩美は憂鬱そうな声で、膝《ひざ》の上に抱いている小さな縫いぐるみを弄《もてあそ》びながら首を傾《かし》げている。

「具合は悪くないって、言うのよね」

「何なんだよ、それ」

「その、言葉がね——」

隣から、小さなため息が聞こえてきた。前方の信号が赤に変わり、敦行はゆっくりとブレーキを踏みながら摩美を見た。

「——何となく上手に喋《しゃべ》れなくなってるみたいなの。言葉がつかえて、発音もおかしい感じでね」

車を停止させると、敦行は改めて摩美を見た。摩美は、わけが分からないという表情で、困ったように敦行を見つめている。

「『いつから、そんなになったの?』って聞いたんだけど、説明もままならない感じでね、私のことを呼ぶのに、すごい時間がかかったわ。こっちが『私、摩美よ』って言うと『ら、いじょ、ぶ。ひって、る』っていう感じ。とにかく、急に喋れなくなっちゃったんだって」

敦行は思わず眉《まゆ》をひそめて小さく舌打ちをした。どういうことなのだろう。あの朋子に、そんな言葉遣いはまるで似合わない。

「脳の疾患かな。でも、急に倒れたっていうわけでもないんだろう?」

信号が青に変わった。敦行はアクセルを踏み込んだ。摩美は浮かない表情のままで「どうしちゃったのかなあ」「本当に、もう」などと連発している。敦行にしてみれば、本当なら「心配だね」で済むことではあったけれど、つい数日前に会ったばかりの摩美の親友がそんなことになったと聞けば、心配しないわけにもいかなかった。遠出のドライブも、急につまらないものに思えてきた。

「見舞いに行ってやったら。何だったら、これからでも」

敦行は、高速道路の入り口を示す緑色の標識を見ながら、車線を変えずに言った。

「心配なんだろう？　すぐに行ってあげろよ」

摩美は不安そうな顔で敦行を見ると、少し考えるような素振りの後で「ありがとう」と言った。いつも笑顔でいて欲しいと思う摩美に、そんな顔をされていたのでは、とてもドライブなどする気分ではなかった。

「とにかく、どんな状態なのか分からないから、余計に心配なの。この間はあんなに元気そうだったんだものね」

敦行は小さくため息をつきながら摩美に頷《うなず》いて見せ、それから朋子の家があるという方向に向かって、さて、どういう道順をたどろうかと考え始めた。自分と会った直後に具合が悪くなったと聞けば、敦行自身もあまり寝ざめの良い感じはしない。

たどり着いた朋子の家の近所で摩美を下ろすと、敦行はそれから一人でカー用品店やオーディオ専門店などを回り、予想外にのんびりとした休日を過ごすことになった。夕方になって、約束した通りに朋子の家の近くにある郊外レストランに再び戻る。店には、摩美がもう来ていて、おまけにあと二人の女の子と同席していた。敦行を認めると、摩美は急いで手を振り、二人の友人を紹介した。

「実はね、あれから三十分くらいで、すぐにお暇《いとま》しちゃったの。それから一人でいられなくて、電話して、来てもらったってわけ」

敦行は、名前だけは聞いたことのある摩美の友人に愛想の良い挨拶をすると、自分も箱型の椅子《いす》に滑り込んだ。女子大時代に、朋子も含めてグループで仲良しだったという二人の娘は、敦行を紹介されて、少しだけ興味深げな、何か聞きたそうな顔をしたが、はっと思い直したように神妙な表情に戻った。

「――ひどいの、朋子じゃないみたいだったの」

摩美が、ぽつりと呟いた。敦行は、摩美の横顔を見て、それから正面の二人も見た。三人が三人とも、憂鬱そうな重苦しい表情になっている。

「見た目はね、変わらないのよ。案外元気そうにも見えたし、少しは笑ったりもするの。でも、口も舌も、痺《しび》れたみたいに動かないらしくて、とにかくまともに喋れないの――私たちと会った次の日から、急にそんなになっちゃったんだって」

摩美は言いながら涙ぐみそうになっている。二人の友人も暗い表情でうつむいてしまっていた。あのきりっとした顔立ちの朋子が、口元を痺れさせ、話すことすら出来ないという姿など、容易に想像がつかなかった。それだけに、直接会ってきた摩美にしてみれば、衝撃も大きかったのに違いないと敦行は考えた。

「そんな状態だったら食事も出来ないの？　こっちの言うことは？」

「食事は大丈夫ですって。お家の人もね、最初は冗談かと思ったらしいのよ。黙ってたら、いつもの朋子とどこも変わらないんだもの。それに、耳の方だって何ともないから、こっちの言うことは、よく分かってるし。ただ、返事しようとしても、言葉がつかえたり、発音がおかしくなったりで——昨日辺りからはほとんど話せなくなっちゃったんですって。お母さん、泣いてらしたわ」

「脳には、異常はみられないみたいですって」

運ばれてきたコーヒーをすすっていると、林《はやし》と紹介された娘が初めて口を開いた。敦行は眉を上下させるだけで応《こた》えてから、深々とため息をついてカップを戻した。つまりは、精神的なものが原因ということだ。ついこの間、披露宴では是非とも彼女にスピーチを頼みたいという摩美の申し出に、笑顔で承諾してくれていたのに、そんな状態ではスピーチどころではないに違いない。

「あの——」

今度は摩美の前に座っていた、竹内《たけうち》という娘が、思いきったように口を開いた。

「朋子、よっぽどショックだったんじゃないかしら——つまり、失語症っていうことでしょう？　ヒステリーみたいなもの、なんでしょう？」

彼女は、ちらりと敦行を見た後で、少し気まずそうに視線をそらした。

「ショックって？」

「だから——摩美が結婚するっていうことが」

「そんなぁ。すごく喜んでくれたのよ、朋子。にこにこ笑って、三人で楽しくお喋りして——」

　摩美は頬を紅潮させて、今にも泣き出しそうな声を出している。けれど敦行は、竹内の言うことは、当たっているのかも知れないと、ふと思った。敦行たちと会った翌朝からそんな症状が出たというのなら、しかも、器質的な異常ではないというのならば、それは偶然かも知れないけれど、敦行たちに原因があると考えるのが自然だという気もする。

「朋子って、いっつも摩美のお姉さんみたいな感じでいたじゃない？　自分が傍《そば》にいなきゃ摩美は何も出来ない子だって、そう思ってたところ、あると思うのよね。その摩美に先を越されちゃうっていうことが、ショックだったんじゃない？」

「——そうかも知れない。世話を焼く相手がいなくなって、おまけに自分より先にさっさと結婚しちゃうっていうのが」

　林という娘もしきりに頷きながら身を乗り出してきた。

「だって——じゃあ、私がいけないの？　私が、朋子をあんなふうにしちゃったっていうこと？」

摩美は、相当にショックを受けているらしく、打ちのめされたような表情になり、語尾が微かに震えていた。敦行は黙って腕組みをしたまま、あの日の朋子のことを考えていた。あの日、朋子は「肩の荷が下りる」と言っていた。夫婦喧嘩の仲裁など真っ平だとも言っていた。彼女は、心から摩美の幸福を祝ってくれているように見えた。姉さん格らしく、親友らしく——。

「だとすると、無意識なんだろうな——心の底の、彼女自身にも意識されてない部分で、ショックだったのかも知れない」

ゆっくりと呟くと、摩美は噛みつきそうな顔で敦行を睨《にら》んだ。その目にみるみる涙が盛り上がっていく。敦行は内心で慌てながら、前の二人の目をはばかって、テーブルの下で摩美の手を握った。

「摩美の責任っていうわけじゃないよ。誰が悪いとかっていう問題じゃないんだ。とにかく、あんまり刺激しちゃまずいんだろうけど、出来るだけ今まで通りに、普通に接してあげる方がいいんだろうと思うよ。気持ちの整理がつけば、自然に治るかも知れないいんだから」

きっと大丈夫さ、と根拠のない気休めを口にしながら、だが敦行は、摩美の気持ちを思うと自分も憂鬱にならざるを得なかった。あの日、笑顔で祝福しておきながら、翌日には口がきけなくなるという症状で、まさしく無言で摩美の幸福を妬《ねた》む朋子が、哀れにもそら恐ろしくも思えてならなかった。

「結婚したって、私たちはずっと親友なのに。朋子ったら――可哀想《かわいそう》な朋子」

摩美は、ハンカチで目元を押さえながら、何度も繰り返した。自分を嫉妬《しっと》するあまりに口がきけなくなってしまったらしいというのに、摩美はそれでも朋子を親友と思っているらしかった。敦行は、朋子と摩美の気持ちが逆でなかったことを感謝しながら、摩美の華奢《きゃしゃ》な手を握りしめていた。

3

朋子の症状は、敦行たちが想像した通り、やはり心理的な要因から生まれたものと診断されたということだった。いつ治るとも分からないことから、結局、彼女は会社を辞め、自宅で静養することになった。最初は、自分が原因で朋子が話せなくなってしまったのではないかと考え、ひどいショックを受けて情緒不安定になっていた摩美も、時の経過と共に少しずつ落ち着いて、やがて、彼女の精神状態と、そんな症状のために仕事まで失うことになった哀れな現実を、摩美なりに前向きに受け入れようとし始めた。支えられる部分は支えてやりたい、孤独にさせず、変わらない友情を与え続けたい、ということだ。その間にも、敦行の方は摩美の両親に挨拶に行き、逆に週末を利用して摩美を自分の故郷に連れて行き、仲人《なこうど》も決めて、着々と挙式に向かって動いていた。

「朋子ね、笑う時には、時々声を出すの」

摩美は、敦行と会う度に朋子のことを報告した。一日中家にこもりっ放しで、他にすることもないし、話せないのでは電話でのやりとりすら出来ないからと、摩美は出来る限り時間を作って朋子の家に通っているらしかった。

「お母さんの話では、彼女がどういうことにショックを受けたにしろ、朋子自身も意識していない部分でのことだから、心の底の強迫観念みたいなものを取り除けないと、駄目だろうって、お医者さんに言われたんですって」

「ちゃんと病院には通ってるの」

「すごく嫌がるらしいんだけどね。筆談で『放っておいて』って言うんですって」

摩美は、時には心配そうに、時には淡々と朋子のことを話した。敦行は、自分たちが遊びに行く時には、出来るだけ朋子も誘ってやることにしようと提案した。朋子のためというのではなく、摩美の気持ちを少しでも軽くしてやりたくて、言い出したことだった。

「でも、僕らのことが原因だとすると、あんまりよくないことかな」

「そんなこと、ないわよ。朋子自身の無意識の世界でのことなんだもの。誘ってあげたら、きっと喜ぶわ」

摩美は嬉しそうに言った。街にはクリスマスのイルミネーションが溢《あふ》れる季節になっていた。

それ以来、敦行と摩美は、デートの半分くらいは朋子を誘うようになった。初めて会って以来、久しぶりで再会した時には、前回とは違う意味で緊張したものだが、朋子は見た感じは以前とちっとも変わらなくて、むしろ前よりも柔らかい雰囲気になっていた。会話には直接加われなくても、彼女は豊かな表情で敦行たちの会話に反応を示し、必要な時には筆談で何か訴えてきた。敦行は、彼女はそのうち手話を習い始めなければならないのではないかなどと思いながら、何かと朋子の世話を焼こうとしている摩美を好ましく見ていた。そうなれば、きっと摩美も一緒に手話を勉強し始めることだろう。

「正月休みにさ、皆で旅行しないか」

暮れも近づいたある日、敦行は摩美と朋子に向かって提案した。摩美は「うん！」とすぐに瞳を輝かせたが、朋子は少し淋《さび》しそうな顔になった。

「うちの常務が別荘を貸してくれるそうなんだ。もちろん朋子ちゃんも、それから林さんたちも誘って、俺も友達に声かけるから、大勢で行こうよ」

朋子は、少し考える顔になったが、摩美からも「行こうよ、気分転換になるよ」と言われて、やがてこっくりと頷いた。敦行は、これで朋子が敦行の友人の誰かと付き合うようなことにでもなってくれれば、それで摩美の気持ちも軽くなるし、朋子自身の症状も良くなるのではないかと考えていた。

「スキーも出来るし、温泉もあるらしい。暖炉が使えるらしいよ」

敦行の説明に摩美はますます表情を輝かせ、それから何人くらいで行ける場所なのか、誰々を誘うか、などということに話題はすすんだ。途中で、朋子は最近手放せなくなったメモ帳を取り出すと、読みやすい綺麗《きれい》な文字でさらさらと自分の意見を書いた。

——でも敦行さんのお友達は、私のことは知らないんでしょう？　迷惑になりませんか？

差し出されたメモを読んで、敦行は急いで「まさか！」と大げさなくらいに手を振って見せた。

「関係ないよ。友達には俺から説明しておくし、誰も、たとえば朋子ちゃんにカラオケさせようなんて無理なことを言う奴《やつ》はいないから。リラックスして、のんびりすればいいんだよ」

敦行は一生懸命に説明した。朋子は、唇をきつく結んで、真《ま》っ直《す》ぐに敦行を見ていたが、やがて深々と頭を下げた。

——ありがとう。

ひらがなの五文字を読みとると、朋子の隣にいた摩美は、「変なこと、気にしないの。親友じゃない」と言って、朋子にもたれて笑いかけた。朋子もはにかんだように笑っている。寄り添って笑いあっている二人の姿は、見ていて微笑《ほほえ》ましいものがあった。敦行はふと、朋子はどんな声をしていたのだったろうかと考えた。たった一度しか聞いていないから、もう忘れてしまっている。

年の瀬には、摩美との挙式の日取りが決まった。来年の三月末の吉日に向かって、敦行は仕事と同時に披露宴や引き出物のことまで考えなければならなくなり、いよいよ忙しくなっていった。

「春までに、もっとお料理の腕を上げなきゃ」

「腹を壊さない程度のものなら、俺は我慢出来るよ」

「ひどぉい。そんなもの、作らないわよ」

いつしか朋子が一緒にいることにも慣れてしまって、敦行と摩美は三人でいる時にも、そんな会話を交わすようになっていた。その度に、朋子はおかしそうに笑った。摩美は彼女の家に行くたびに、料理が得意らしい朋子からあれこれと教わっている様子だった。

「朋子ちゃんに教わってるんなら、確かだろうとは思うけどね。問題は料理のセンスだよな」

「あ、私のセンスを信じてないのね」

——摩美のお料理のセンスはびっくりするくらい、斬新《ざんしん》よ。

すると朋子は、実に良いタイミングでそんなメモを寄越す。敦行たちは声を揃《そろ》えて笑った。朋子の洗練された話術は、今もまったく衰えていなかった。

「その斬新さが、恐いんだ」

敦行の言葉に、朋子は肩をすくめて笑っている。そうして何度も会っているうち、敦行は朋子の声が出なくなった原因とは、自分や摩美とは無関係のことなのではないかと思い始めるようになった。朋子の表情はいつも自然だったし、摩美に対しても、敦行に対しても、心の底から打ち解けて見えるからだ。何も、自分たちが妙な責任を感じることではないかも知れない。摩美さえ知らされていない他の要因が、彼女を苦しめているに過ぎないのかも知れない。そう考えると、罪ほろぼしにも似た意識はやがて薄らぎ、代わりに、自分たちが友情にあつい、善意の人のような気分になっていった。

「春までに、きっと治るから。そうしたら、絶対にスピーチしてね」

摩美は、時々普段以上に明るい笑顔で、朋子にそんなことも言った。朋子はその度に少し淋しそうな顔になって、小さくため息をついた。

いちばん辛《つら》いのは朋子自身に違いない。口がきけないという他は、知能の点でも、何の問題もないのだ。表情は静かなままだが、もしもこのまま、二度と言葉を発することが出来なかったらどうしようかと、彼女は毎日おびえているに違いない。そう考えると、声を出さずに笑っている朋子が痛々しく見えて仕方がなかった。

「私、朋子が治るためだったら、どんな協力だってするからね」

摩美は必死で朋子に話しかける。不思議なもので、相手の聴力には何の問題もないはずなのに、何も話してくれないとなると、なぜだかこちらの口調はゆっくりになるものらしかった。

——普通に話していいのよ。全部、ちゃんと分かってるから。

朋子に筆談で言われる時、敦行は逆に気遣われている気分にさえなった。摩美のためにも、早く治ってもらいたいものだと祈らずにいられなかった。

瞬《また》く間にクリスマスを迎え、仕事納めが済んで、暮れの三十日に、敦行たちは男女四人ずつの総勢八人で三台の車に分乗して、長野へ向かった。敦行は、あらかじめ三人の友人には朋子のことをよく説明しておいた。彼らは一様に細かいことにはこだわらないタイプだったから、「静かな方がいいくらいだ」と言って、さっぱりとしたものだった。摩美をはじめ四人の娘たちは、信じられないくらいに沢山の荷物を持って、学生みたいにきゃあきゃあとはしゃいでいた。朋子も、声こそは出なかったけれど晴れやかな顔をしていた。

その別荘は、敦行と摩美の仲人を引き受けてくれた常務の持ち物だった。家は使わないと傷《いた》むからと、常務は快く別荘の鍵《かぎ》を敦行に預けてくれた。夏は頻繁に使うらしいが、子どもたちがそれぞれ大きくなったり家庭を持ったりして、おまけに奥さんが神経痛を病んでから、冬場に使うことはほとんどなくなってしまったという話だった。

「着いたら、すぐに滑ろうね。もう、ずっと滑りっ放しでいようよ」

「そう遊んでばかりもいられないよ。ちゃんと点検をして、空気の入れ換えもしなきゃいけないいんだから」

敦行は、隣でいつにも増してはしゃいでいる摩美を見ては、笑っていた。まるで、初めて車に乗った子どもみたいに、彼女は人一倍はしゃぎ、山を見ても川を見ても歓声を上げた。

ふと、来年の今ごろは、どうしているだろうと思う。隣の摩美のことを、照れもせずに「うちのカミサン」などと呼べるようになっているだろうか。摩美は、結婚してからも敦行のことを「あっくん」と呼び続けるつもりだろうか。来年の今ごろ、自分たちはどこで年の瀬を過ごしているだろう。ひょっとしたら、その時には、家族が増えているかも知れない。

ハンドルを握りながら、敦行は上機嫌で色々なことに思いを馳《は》せた。もしも、快適な別荘だったら、これからだって貸してもらえるようにしたいものだ。何しろ相手は仲人だ。そう出来たら、子どもが生まれた後でも、さぞかし楽しい思い出を作れるだろう。次から次へと想像が膨らんで、敦行は時折バック・ミラーで後からついてくる友達の車を確認することさえ忘れそうだった。

「わあ、素敵じゃない!」

「何だか日本じゃないみたい」

途中で食材をたっぷり買い込み、夕方になって別荘に着くと、友人の間からは歓声が上がった。声が上がった。それは、想像していた以上に立派な、西洋風の造りの別荘で、食料さえ用意すれば、何日でも暮らせるだけのものが完璧《かんぺき》に揃っていた。二階には部屋数も多く、夏の日の賑わいを思い起こさせるだけの寝具も揃っている。

「お金持ちになった気分ね」

摩美は、何を見ても歓声を上げ、荷物運びなどはほとんど手伝わずに、朋子の手を取るとまずは家中の探検に行ってしまった。寝室の部屋割りをすることになったのは、荷物の整理も済んで、二人が探検から戻ってのことだ。

「おまえ、摩美さんと一緒じゃなくていいのかよ」

「何、言ってるんだよ。いいんだよ」

「あ、敦行さん、赤くなってる」

周囲に散々からかわれながら、だが、今回はあらかじめ、なるべくべたべたしないようにしようと摩美と相談してあったから、敦行は他の友達と二人で一つの部屋を使うことにした。摩美は、朋子と同じ部屋に寝起きすることになった。

女の子たちがベッドに寝具を分配し、夕食の支度にとりかかる間に、男たちは暖炉に火をおこし、風呂《ふろ》を沸かして、薪《まき》割りと周囲の点検を行った。

「独身最後の旅行に乾杯！」

「常務に感謝、感謝！」

すっかり暗くなった頃、外では雪が降り始めた。燃え盛る暖炉の炎で暖まった居間で、敦行たちは乾杯をした。よく冷えたワインは、心地よく喉《のど》を滑り降りていった。

それからの五日間、敦行たちは昼間はスキーに明け暮れ、午後からは温泉に行ったり買い物をしたりして、贅沢《ぜいたく》な新年を迎えた。夜は必ずパーティーになり、話題は尽きることがなく、笑い声が絶えず八人を包んでいた。朋子も、すべての行動を皆と共にし、特にスキーの腕前がすばらしいことで皆の称讃の的となり、敦行の友人の間にもすぐにとけ込んでいった。

敦行と摩美は、時折二人だけになると、残り六人の男女の、誰と誰が引き合いそうか、などと話し合って笑った。

「島田《しまだ》さんって、朋子に関心があるみたい」

「ああ、何となくそんな感じだな」

「恋愛が、一番の治療法かも知れないものね。うまくいくといいわ」

摩美は、敦行に寄り添って、嬉しそうにそんなことも言った。敦行も、朋子には出来るだけ注意を払うようにしていたから、彼女が楽しそうにしているのを見て安心した。摩美の言葉通り、敦行の友人の中でも、特に島田という男が朋子にさりげなく近付こうとしていることは、すぐに分かった。

「あっくん、島田さんに聞いてみれば？」

「いいよ、子どもじゃないんだから」

「でも、今の朋子は、あんなだし――」

「それは島田だって分かってることなんだから。摩美、少し過保護だぞ」

すると摩美は「そうかなあ」と言って、小さく頬を膨らませる。敦行は、そんな摩美を誇らしくさえ感じ、その一方では不安にもなった。摩美は、あくまでも自分一人で朋子を守ろうとしているように見えた。確かに以前までは、摩美の方が朋子に頼るという構図で、二人の関係は続いていたのかも知れない。だが今、敦行が見た限りでは、そのバランスは逆転しているように思われる。何くれとなく世話を焼いているのは摩美の方で、朋子はいつもおとなしくそれを受け入れるばかりだ。その、力関係の逆転が、果たして喜ぶべきことなのかどうか分からない。何しろ、朋子はプライドの高い女性に違いない。そんな彼女が、精神のバランスを崩した上、自分よりも幼く、頼りなく見えていたはずの摩美に世話になることを、本心から潔《いさぎよ》しとしているかどうか、疑問だという気がした。

「私、朋子に聞いてみようかな」

「やめろって。自然にさせてあげろよ」

わざと眉をしかめてみせると、摩美は慌てて「あ、自然にね、そうそう」と答え、わずかに媚《こ》びるように、そっと敦行に寄りかかってくる。雪の降らない晩には、頭上には満天の星空が広がり、その数の多さと澄んだ輝きには、息を凍らせながらも目をみはらせるものがあった。

「私はね、早く、元気になって欲しいだけ」

「それは分かっているけど、押しつけがましいことはしない方がいいって」

「分かってる。分かってるから」

えへへ、と笑う摩美は、やはりこの上もなく愛《いと》おしい。世界で一番可愛い存在に違いなかった。敦行は、彼女の肩を抱きながら、こうして並んで星空を眺められる幸福を嚙みしめていた。

八人という大人数にもかかわらず、どこかで気まずい雰囲気が生まれるということも、トラブルが生じるということもなく、瞬く間に三が日が過ぎて、明日は東京に戻るという晩になった。

買い込み過ぎた食料をすべて使って打ち上げをしようということになって、暖炉の火が燃える広々とした居間で、八人は残っていたワインを抜き、女の子たちが作った料理を並べて騒いだ。次々に話題が飛び、あちこちで笑いが起きて、気が付いたときには、敦行はだいぶワインを飲んでしまったらしかった。

「何だか、眠くなっちゃったな」

頭が重くなって、目もとろとろと焦点が合いにくくなり、敦行はソファーにもたれて呟いた。摩美が少し心配そうな顔で「休んでくる?」とこちらを見ているのが、半分、夢を見ているように感じられる。

「情けない奴だな、酔ったのか?」

「摩美さんは置いていけよ」

「また起きてこいよ。まだノルマが残ってるんだからな」

「そうよ。これ、全部食べるんだからね」

口々に声をかけられ、敦行は笑って手を振りながら、ゆっくりと起き上がり「少しだけ、休むよ」と言い残して、二階への階段を上がった。適度な肉体の疲労と、今回の旅が成功に終わりそうだという満足感で、確かにいつもより飲み過ぎたようだ。階下からは賑やかな笑い声が波のように上ってくる。敦行は、多少おぼつかなくなってきた足どりで寝室に戻ると、そのままベッドに倒れ込んでしまった。

どのくらい時間が過ぎたのか、ふいに息苦しさを覚えて、ぼんやりと意識を取り戻した。階下からは、まだ人の話し声と笑い声が聞こえている。目を閉じたまま、意識をはっきりさせようとしているうち、どうやら誰かが自分の上に乗っているらしいのが分かった。

「こら、駄目だよ」

敦行はうっとりとした声で囁いた。手が、敦行のセーターの裾《すそ》から入ってきて、敦行の胸をさすり、シャツのボタンを外そうとしている。敦行は腰の下に重みを感じながら、鼻を鳴らして笑った。

「駄目だって。悪戯っ子だな」

この部屋は男同士で使っている。彼らにこんなところを見られたら格好悪いではないかと思いながら、だるくて重い手を伸ばし、彼女の頭を抱き寄せようとして、敦行は初めて、ぎょっとなった。摩美の長い髪が手に触れるはずなのに、そこにはまるで感触の異なる、短い髪の頭があったからだ。

「――どうして」

耳元に熱い息がかかった。ようやく意識がはっきりとしてきた。頭が目まぐるしく働き出そうとする。目を開けると、窓から入る雪明かりの中に人影がある。

「どうして、あの子なの。私じゃないのよ」

それは、明らかに摩美の声とは違っていた。

慌ててベッドに跳ね起きようとした瞬間、反対に肩を押さえられて、敦行は身動きが出来なくなった。全体重をかけて、誰かが敦行に馬乗りになっているのだ。はあはあと荒い息づかいが聞こえ、足元の方で衣擦《きぬず》れの音がする。

敦行は、夢中で相手の二の腕を摑《つか》み、自分から引き離そうとした。

「――朋子ちゃん！」

突き放すように遠ざけて、雪明かりの中に浮かび上がった顔は、異様なほどに瞳を輝かせた、朋子の青白い顔だった。彼女は、二の腕を摑まれたまま、既にボタンの外されているネルシャツの前をはだけさせ、口元に奇妙な笑みを浮かべて、冷たい手で敦行の首筋を撫《な》で始めた。

「あんな子より、私を選んで。私の方が、ずっとあなたにふさわしい」

朋子の口は、囁くようにゆっくりと動いた。敦行は背筋を冷たいものが駆け上がるのを感じ、思わず朋子の顔を見つめてしまった。そう、朋子に間違いない。ここしばらく、ひと言も声を発することが出来ず、知的な瞳だけで何かを訴えようとしていた朋子が、今、確かに口を動かして何事か囁いている。

「――朋子ちゃん。よせよ」

さらに強く二の腕を摑むと、朋子は一瞬目を細め、逆に恐ろしいほどの力で敦行の肩に手を置き、前髪を垂らした顔を近付けてくる。

「どうしたの。酔っぱらったのか？」

敦行は喘《あえ》ぐような声を出した。だが、朋子は何か答える代わりに、敦行の唇に自分の口を押しつけてくる。冷たい唇を感じながら、敦行は、まだ寝ぼけているのだろうかと思った。自分だって何とか力を入れているつもりなのに、とてもかないそうにない。背筋ばかりがぞくぞくと冷たく、全身を震えが駆け上っていく。

「ねえ、私の方がいいでしょう？　いいわよ。セックスだって、あの子よりも上手よ。試してみてよ、ねえ」

完全に酔いの覚めていない頭の中がぐるぐるとまわり、敦行は思わず手の力を抜きそうになった。朋子の熱い舌が、敦行の唇を割ろうとしている。

「私を選んで、私を——」

その時、階下から大きな笑い声が起きた。それを合図のように、敦行はこれが夢などではないことを悟った。冗談ではない。何ということなのだ。

「忘れられなくしてあげるから。私の方が、絶対にいいんだから」

朋子が熱い息と共に耳元で囁いた瞬間、敦行は思わず全身の力を込めて朋子を突き飛ばし、その勢いで自分も跳ね起きた。朋子はベッドから落ち、尻《しり》もちをついたままの姿勢で敦行を睨みつけている。敦行は息を切らしながら、雪明かりの中で瞳ばかりを光らせている朋子を見下ろした。

「やめろよ、なに、やってんだよ」

敦行は囁き声のまま鋭く言うと、急いでベッドから降り、いつの間にか下ろされていたズボンのファスナーを上げ、引き出されていたシャツの裾をベルトの下にねじ込んだ。

「冗談にしたって、たちが悪いよ」

「——どうして、私じゃないの。どうして、あの子の方がいいの？　あんな、べたべたと甘えるだけの子の、どこがいいっていうの？」

朋子はあられもない姿のまま、目に涙を浮かべて敦行を見上げている。

「しっかりしろよ。皆が下にいるんだぞ」

「関係ないわ！　そんなこと、関係ないわよ！」

　急に朋子が大声を上げた。そして次には、床に手をつき、身体を震わせながら、絶叫に近い声を上げて泣き始めた。その途端、階下のざわめきが止《や》み、続いて階段を駆け上がる音が聞こえてきた。敦行は急いでベッド・カバーを引きはがすと、胸元をはだけている朋子をくるんだ。

「朋子——声、出たの」

　扉を開く音がして、最初に顔を出したのは摩美だった。続いて壁ぎわのスイッチが押され、室内に人工の明かりが広がった。敦行は眼球の奥に鈍い痛みを感じながら、片手で朋子をくるんだまま、摩美を見上げた。

「今、喋ってたでしょう？　朋子の声だったでしょう？　ね、話したのね？」

　敦行は、何をどう説明して良いものかも分からないまま、ただ頷いて見せた。頭の中がまだ混乱している。そう、確かに朋子は話した。初めて、そのことに考えがいった。

「ねえ、朋子——」

「苦しかった——苦しかったよ！」

朋子が再び叫んだ。摩美が走り寄ってきて、敦行の反対側から朋子を抱きしめる。

「話せたわ！　朋子、話せたじゃない。治ったのよ！」

階下から次々に足音が響いてきて、気が付けば狭い寝室に八人全員が揃ってしまっていた。敦行は、ふらつく頭で朋子から離れ、やっとの思いでベッドに腰を下ろした。言い様のない恐怖とも、驚きともつかない感覚が渦巻《うずま》いている。心臓だって未だに、早鐘のように打っていた。摩美に抱きしめられて、朋子は、ひたすら声を上げて泣いているばかりだ。

「あっくん——どうやって、声を出させたの」

摩美は感激のあまり自分まで涙を浮かべて、敦行を見てくる。敦行は、ただ首を傾げて見せ、それから思わず頭を抱えてしまった。気の利《き》いたことを言ってやりたいのに、嘘《うそ》がつけない。動揺が激し過ぎる。

「目が覚めたら、朋子ちゃんが、いたんだ——何が、何だか——」

「寝室を、まちがえたの。それで、私、びっくりしちゃって」

だが、敦行が事実を暴露するよりも早く、朋子が盛んにしゃくりあげながら、声をつまらせて説明をした。すると何を思ったのか、敦行の友人の島田がぱちぱちと手を叩《たた》いた。やがて、一人、二人と手を叩き始めて、室内には拍手の音が満ち、朋子は摩美と他の女の子に支えられてやっと立ち上がった。敦行は、ぞくぞくとした悪寒《おかん》を感じながら、抱き合って泣いている朋子と摩美を見ているより他になかった。混乱していた頭が少しずつ落ち着いてくる。

——あの女。あの女。

夢ではなかった。あの、いつも知的で落ち着いている朋子が、こともあろうに親友の婚約者に乗りかかってきたのだ。摩美でなく、自分を選べと言って。目の前が真っ暗になる思いだった。耳元で、「どうして」と囁かれた時の感触が生々しく残っていて、思わず何度も耳をこすってしまった。朋子の肩を抱いて行く摩美の後ろ姿が、あまりにも哀れに見える。けれど、果たして本当のことを摩美に言って良いものかどうかが、敦行には分からなかった。

何しろ二人は親友だ。自分に嫉妬して言葉を失ったかも知れないと分かっていながら、摩美は朋子のすべてを受け入れようとしている。そんな健気《けなげ》な彼女に、本当のことなど言えるはずがなかった。それに、今夜は朋子も飲んでいた。そう、酔った勢いとは考えられないか。あれこれと考えた挙げ句、結局悪い夢を見たことにしようと思った。そうするより仕方がなかった。

4

「摩美さん、敦行さん、本日は本当におめでとうございます。お二人が今日この場で結ばれたことを、心からお祝い申し上げます。私は、摩美さんとは大学時代からいつも一緒でした。私たちのグループの中でもいちばん子どもっぽくて、甘えん坊だった摩美が、誰よりも先にお嫁さんになっちゃうなんて、何だか不思議な気がします。それも、こんなに素敵な旦那《だんな》さまを、一体いつの間に見つけたのかと思うくらいです。

今日は、この場をお借りして、皆さまに是非ともお聞きいただきたいことがあります。何しろ、摩美と敦行さんは私の生命《いのち》の恩人といってもいいくらいの方々なんです。

これは、本当に私の個人的なことになってしまうんですが、実は私は昨年からちょっとした病気になりまして、言葉が出なくなってしまったんです。お医者さまに行っても治りませんし、原因もよく分かりませんでした。そのため、私は勤めておりました会社を辞めて、自宅療養しなければならないことになりました。

それが、今年のお正月に突然治ったんです。ええ、本当に、突然に。まるで奇跡でした。それまで、どんなに話したいと思っても、声も出ないし、唇も舌も、まるで思うように動かなかったのに、それまでの三カ月間が嘘のように、私はこれまでと変わらず話せるようになったのです――ありがとうございます――こうして今、皆さまの前で、祝辞を述べさせていただけるのは、あの時、私を旅行に誘ってくださった摩美と敦行さんのお陰です。本当にありがとう。この場をお借りしまして、お二人に心から感謝したいと思います。

話せない、という状態から救われた私は、これからはもう二度と無理をせず、正直に自分の心を訴えていこうと心に誓いました。それが、私の恩人であるお二人への一番の恩返しであると思いましたし、私自身も、もう二度とあんな思いはしたくないと思いますから。

ああ、今日は敦行さんと摩美のお祝いの席なのに、自分のことばかり話してしまって、すみませんでした。さて、では、大親友である上に、私の生命の恩人でもある摩美さんのお話を、少しさせていただきたいと思います。

摩美と知り合ったのは、私たちが大学に入って間もなくの頃でした。最初は、顔見知り程度だったのですが、五月頃でしたか、友達と数人でディスコに行って、見知らぬ大学生にナンパされた彼女が、その後で妊娠したことが分かって、カンパを頼まれたのが、親しくなったきっかけでした。病院を探したり、相手の男の子を探したりと、私は方々を駆け回ったのを覚えています。

何しろ、摩美という子は、無防備というかあっけらかんとしているところがありますから、ディスコに通っているという話を聞いた時に、いつかはそんなことになるのではないかと私は思っていたんです。でも、本当は彼女は、そのディスコの店員の男の子に憧れていたらしいんですが、そっちの方も二、三回遊ばれて、終わってしまったみたいですね。

それ以来、彼女はもう数えきれないほど、わけの分からない男にひっかかっては、だまされたり捨てられたりして、その度に私に泣きついてきました。私は、その都度摩美の愚痴を聞き、そんな馬鹿《ばか》な真似《まね》はそろそろおやめなさいと、何度となく言ったものです――あ、待って。まだ話したいことがあるんですから！

大体、彼女は男関係だけでなく、勉強でもお金のことでも、すべてにおいてだらしないところがあって、私はいつでも尻拭《しりぬぐ》いをさせられてきたんです。でも、彼女は自分のことをモテると信じて、かなりおめでたく自惚《うぬぼ》れてるところがありますから――話させてったら！　何するのよ！

いいですか、皆さん。この子にだまされた敦行さんは、本当に大馬鹿だと思います。最初の頃こそ、私は敦行さんも、また適当なところで摩美のことを見抜いて、ぽいと捨てるに違いないと思っていたのに――やめて！　私に触らないでっ！――この子の、頼りなさそうな、ほら、今みたいに震えてる、そういう雰囲気にだまされて、そうよ、私だってだまされてたみたいなものなんだから。都合のいい時ばっかり人に泣きついてきて、いざとなったら『余計なことは言わないでよ』ですって。このスピーチを頼まれた時に、摩美は私にそう言ったんだからっ！

ははは、敦行さんは大馬鹿よ、私を選んでおけば、あの時、考え直すことだって出来たのに、私は、チャンスを与えてあげたのよ。二人揃って、大馬鹿だわ！――痛いってば、放して――馬鹿野郎っ、あんたたちなんか、大っ嫌い！」

おたすけぶち

宮部みゆき

1

「きれいでしょう?」

声をかけられて、わたしは顔をあげた。カウンターの向こう側から、店員が笑顔を向けている。小太りの中年の男で、ひょっとするとこの店の主人なのかもしれない。〝あゆみや〟のネームの入ったデニム地のエプロンをかけ、Tシャツの袖をまくりあげて、太い二の腕を丸出しにしていた。

「ええ。草木染めでしょう? とっても朱色が鮮やかで、素敵ですね」

わたしは、手にしていたハンカチを掲げてみせた。

ここ〝あゆみや〟は、十坪ほどのスペースしかない、こぢんまりとした土産物屋である。合掌《がっしょう》造りに似た木造の田舎家の一部を仕切って、店舗にしてあるのだ。すぐ隣は喫茶室になっており、そこでは、この土地で多く採れる杏《あんず》の実をふんだんに使ったケーキやゼリーが売り物になっている。

わたしも、つい今しがたまではそこで休憩をとっていた。コーヒーがとても美味《おい》しかったし、器《うつわ》も素敵だったので、ウエイトレスにそれを言うと、「同じカップを隣の店で売ってますよ」と教えてくれたのだった。

着いたばかりで、土産物を買うにはまだ早い。それよりも、どこかで花束を調達する方が先なのだが、大して荷物になるものでもなし——と、つい買い込んでしまった。そして、釣り銭を待っているあいだに、レジのそばのカウンターの上に、大きな籠《かご》にひとまとめにして入れられた、美しい草木染めのハンカチを見つけたというわけだ。

開けっぱなしの戸口から、初夏とは思えないひんやりとした微風が吹き込んできて、天井から釣り下げられている色とりどりの紙風船を、ゆらゆらと揺らめかせている。東京から車で五時間。高原地帯の蒸留水のような空気が、運転に疲れた頭をしゃっきりとさせてくれた。

「これ、どんな植物で染めるんですか？　とくに、この紅《べに》色。不思議だわ」

エプロンがけの店員に尋ねてみると、彼は顔をほころばせ、逆に問いかけてきた。

「何だと思います？　よく見てみれば、わかりますよ」

ここは、スキーやテニス、近ごろではハンググライダーまで、若者が好むスポーツの施設が整った高原の観光地の、見本のような町だ。週末になれば、原宿や渋谷もそこのけの混雑の仕方をするのだろうが、今は違う。店内には、わたしのほかに、若いカップルが一組いるだけだ。手をつなぎ頰を寄せあって土産物選びに余念のない二人は、周囲のことなど気にとめていない。店員も所在なくて、誰かと話をしたいのだろう。

わたしはざっとハンカチの図柄を検分しただけで、当てずっぽうに言った。

「何かなあ……。杏の実？」

「お客さんは東京からおいでで？」

「はい」

「やっぱり。言葉が関東風だから、すぐわかりますよ。都会育ちの人は、草花のことを知らないよねえ」

店員は楽しそうに笑った。わたしもお義理に、少しだけ微笑んだ。

「それはね、彼岸花《ひがんばな》で染めるんです。いや、染めるんだそうです。この辺りでこさえるものじゃないのでね、私らも詳しいことは知らないんだが」

「彼岸花って……」

「曼珠沙華《まんじゅしゃげ》とも言いますけど」

「ああ、あの真っ赤な花？」

「そうです。よく、墓地に生えてるでしょう。真っ赤なのに、どことなく陰気な花ですけども、あれで染めると、そんな鮮やかな紅色が出るんだそうですよ」

わたしは、草木染めのハンカチを広げ、もう一度よく眺めてみた。渾然《こんぜん》としてわかりにくい図柄ではあるが、朱色に染められている部分は、曼珠沙華のあの独特な花弁の形に似ている。なるほど、質問への答えは、ちゃんとここに描かれていた。

「この辺りでつくられるものじゃないというのは？」

相手は、手を挙げて大雑把《おおざっぱ》に北の方を指した。

「国道をずっと北へあがって、ここよりもっと標高の高いところに、村がひとつあるんですよ。小花井《こばない》村っていうんですがね。そこでできるものなんです」

「小花井村……」

地図には載っていなかったような気がする。

「人口が五十人ぐらいしかない、豆粒みたいなところですよ。ものすごく不便だし」

「この染めものだけで暮らしてるんですか」

店員はぽっちゃりした手を振って「まさか。そこは炭焼きで食ってるんです。ただ、これがなかなか馬鹿にできない〝産業〟でね」

そこで生産される木炭は、掛け値なしの最高級品なのだという。

「備長炭《びんちょうたん》ほど有名じゃありませんが、品質は小花井村の物の方が上だっていうくらいですよ。東京や大阪の高級料亭やホテルのレストランなんかが、毎年予約買いしていくんですから。これ以上はないってくらい深い山のなかだし、土地が痩せてるから、農業の方は、段々畑でしょぼしょぼと陸稲《おかぼ》をつくってる程度だけど、木炭のあがりだけで、小花井村の連中は、左うちわで暮らせてるはずですよ」

わたしは素朴に驚いた。高級料亭など、わたしにはまったく縁のない場所だが、そういう贅沢の極みを売るような商いが、そんな辺鄙《へんぴ》な村に暮らす人たちの労働で支えられているというのは、意外で面白い。

「小花井村って、場所はどの辺なんですか。車で行ける距離でしょう?」

せっかく遠路をやってきたのだ。残念ながら曼珠沙華にはまだ早いが、美しい草木染めのつくられる里へ、ちょっと足を伸ばしてみてもいい。そんな気持ちで尋ねると、店員はこちらの気持ちを読んだのか、少し顔をしかめた。

「行くのは大変ですよ。道も良くないし。それに〝おたすけ淵《ぶち》〟を通らなきゃなりませんからね。お嬢さんが運転するんじゃ、あんまり勧められないね」

おたすけ淵――その言葉を耳にした途端、胸の奥に重りを落とされたような気分になった。草木染めの紅色さえ、にわかに色褪《あ》せて見えるほどに。

ああ、あの辺りなのか。

十年前、わたしはその〝おたすけ淵〟で、たった一人の兄を亡くしていた。今日は彼の祥月命日《しょうつきめいにち》で、わたしがここまでやってきたのも、兄の命を呑み込んだ〝おたすけ淵〟へ、供養の花束を投げるためだったのだ。

事故が起こったとき、兄は二十歳《はたち》の大学生、わたしは十七歳の高校三年生だった。

兄のことを、真面目で品行方正な学生だったとは言わない。もしそうだったなら、あんな死に方もしなかったことだろう。

サークルの仲間三人と、仲間の一人の車に乗りこんで、曲がりくねった山道を、深夜、サーキットを走るにわかレーサーの気分で、時速一四〇キロ以上で（鑑定でも、これ以上正確な数字は出なかった）すっ飛ばした挙げ句、カーブでハンドルを切り損ねてガードレールを突き破り、地元の人たちが〝おたすけ淵〟と呼んでいる深い淵へ、車ごと転落して死んだのだ。しかも、四人ともしたたかに酒を飲み、泥酔状態だった。そういう意味では、誰が運転していようと、結果は同じだったろう。

兄たち四人がこの土地を訪れていたのは、仲間の一人の故郷が近く、そこでは、当時はまだ珍しかったグラス・スキーを愉しむことができたからだった。新しいもの好きの兄には、そういう話に飛びつかずにいられないところがあった。

事故現場となったのは、二車線の舗装道路が大きく半円を描いて、谷の方へと迫《せ》り出している場所だった。ガードレールぎりぎりに立つと、薄緑色に煙る淵の水面が、足のすぐ真下に迫っているように見える。地元でも事故多発場所として有名で、「スピード落とせ」の看板が、興醒《きょうざ》めするほどたくさん立てられていた。

そんな場所をなぜ〝おたすけ淵〟と名付けたのか尋ねると、担当の警官が、困ったように顔を歪めながら教えてくれたことを、わたしは今でもよく覚えている。

（ここで運転を誤ったらもう、神様おたすけ！　と祈るしかないからですよ）

淵の底へ転落してゆくとき、兄たちもまたそう叫んだのかどうか、知るすべはなかった。淵は深く、車は事故の翌日の昼すぎにようやく引き上げられたが、車内にとじこめられていたのは二人だけで、もう一人、兄のいちばんの親友だった河合健《かわいけん》一《いち》という青年の遺体は、夕方になって、ダイバーによって発見された。

でも、兄の遺体だけは、とうとう見つからなかった。そして、それが事後の混乱の大きな原因となったのだった。

全員が死亡したのだから、恨みっこなし――そう割り切ることができるのは、あの世へ行った四人だけのことで、残された遺族のあいだでは、「運転していたのは誰か？」ということが大問題になったのだ。

　車内にあった二人の遺体は、後部座席に乗っていた。必然的に、運転者は兄か河合さんのどちらかだったということになる。二人とも免許を持っていた。事故車は二人のどちらの車でもなかったが、頼まれて運転を代わるということはあり得るし、何かというと行動を共にしていたこの四人のあいだでは、それもさして不自然なことではないと思われた。

　事件後、かなり早い段階で、警察は運転者は河合健一であったと認定していた。それには、それなりの根拠があった。しかし、河合さんの遺族としては、それでなくてもストレートに認められる種類のことではないうえに、もう一人の〝容疑者〟である兄の遺体が見つかっていないということで、その認定に異議を申し立ててきた。つまり、運転者はわたしの兄――相馬《そうま》一樹《かずき》であった、と。

　嫌な言葉だが、わたしたちとしても、売られた喧嘩を買わないわけにはいかない。とりわけ、母は激怒して、この争いに人生の意義を見いだし、兄の横死によって心に穿《うが》たれた深い穴を、闘うことで埋めようとした。

（一樹に濡《ぬ》れ衣《ぎぬ》を着せられてたまるもんですか）

結局、最終的には法廷で争うことになり、おかげで、わたしは、仲良しだった兄を失ったうえに、十代の終わりから二十代の半ばという、人生でいちばん賑やかであるべき時代に、泥仕合の見物を強いられることとなったのだった。

訴訟とは、原告と被告の争いではない。それぞれが時と争うだけのことだ。それほどに時間がかかり、忍耐を要する。そして、それだけの時を食いつぶすものであるからこそ、引き下がることができなくなるのだ。ここで諦めたら、今までの苦労が水の泡だ――この十年、わたしたち一家を支えてきたのは、もうこの言葉だけになっていた。

しかし、その裁判も終わった。わたしは今日、それを兄に報告するために、こうしてやってきたのだ。

結局、草木染めのハンカチを五枚買って、わたしは〝あゆみや〟を出た。きれいなハンカチは、職場の同僚たちへの土産にちょうどいい。有給休暇をもらって来ているのだから、これぐらいは気を遣わないとまずいだろう。

駅前の花屋で手向《たむ》けの花束を買い、車に乗りこんだのが、午後二時すぎのことだった。

おたすけ淵へは、市内から片道一時間以上走らなければならない。夏の観光シーズンまではまだ間があるし、ウイークデイのことだから、道は空いていたが、わたしは慎重に運転した。それでも、途中、おたすけ淵の手前で大型の観光バスとすれ違ったときには、わたしの小さなツードアなど、バスが尻をひと振りしただけで道からはじき出されてしまいそうな気がして、ハンドルを持つ手が汗ばむのを感じた。

険しく危険の多い道路ほど、不思議と車窓からの景色が美しい。悪女が決まって美女であるのと同じようなものかもしれない。

事故現場には、車を駐車しておけるようなスペースはない。わたしは少し先まで走り、待避車線を見つけて車を停め、そこから徒歩で引き返した。視界の届くかぎり、ほかの車の影は見えないけれど、慎重にするに越したことはない。

実際、わたしが一人でここを訪れることに、母は大反対だった。嫌な予感がする、というのである。充分気をつけるからと、何度も約束して出てきたのだけれど、出発の間際まで、母は（やっぱり、あんたに免許をとらせるんじゃなかった）と呟《つぶや》いて、ため息をついていた。

わたしにしても、一人で来なければならないのは残念だった。十年間の訴訟がようやく決着を見て、ほっとしたのか気が抜けたのか、父が倒れたのは一カ月前のことだ。脳卒中で、幸い命はとりとめたが、不自由な生活を強いられている。母の介添えなしでは、日常生活をおくることもできない。わたしは、そんな二人の名代《みようだい》でもあるのだ。

短く合掌したあと、翡翠《ひすい》色の淵の水を足元に見ながら、でも、そこよりはむしろ頭上の水色の空に向かって投げあげるような気持ちで、わたしは花束を宙に放った。花を贈る相手も見つからないうちに逝《い》ってしまった兄のために、特別に選んだ真っ赤なバラが、中空に花びらをこぼしながら、緩《ゆる》やかな円を描いて落ちてゆくのを見届けて、わたしはゆっくりと踵《きびす》を返した。

対向車線を、一台の乗用車がやってくることに気づいたのは、そのときだった。ありふれた白いフォードアで、だいぶ古い型のようだ。

すれ違ったとき、ハンドルをとっていた若い女性が、ちらりとわたしの方を見た。わたしも彼女を見た。視線が交差したのはほんの一瞬のことだったが、それで充分だった。女性は同性を観察する技に長《た》けているものだ。男性は美人に敏感だというけれど、実際には、女性の方がはるかに繊細なアンテナを隠し持っていて、接近遭遇する「美」をキャッチするものなのだ。

美しい人だった。長い黒髪をひとつに束ね、左の肩に落としている。頬は白く、くちびるはどきりとするほど鮮やかに赤い。モノトーンの写真のなかに、一滴だけ垂らされた紅のように。たった今放り投げたバラの花のような――いや、違う、曼珠沙華の花のような色合いだった。

走り去った車のナンバープレートを見ると、地元の車だった。飛ばしてはいないが、山道をよどみなく滑らかに走って行く様子が、落ち着いて見えるのも当然だろう。

わたしは車に戻り、エンジンをかけた。シートベルトを締めるとき、助手席のシートの上に、赤いバラの花びらが一枚落ちているのに気がついた。それを拾って窓から投げ捨てながら、その紅の色に誘われて、ふと思いだした。

曼珠沙華は、別名「死人花《しびとばな》」とも呼ばれるのだ――と。

2

その夜は、町中のホテルに泊まった。

せっかくだからと、休暇はあと二日とってある。のんびりとバスにつかったあと、明日からはどうしようかと、地図をにらんで計画を立てた。

ホテルの最上階にあるレストランへ、夕食をとりにあがって行ったのは、午後七時ごろのことだった。もう外に出る元気はなかったし、これといって名物のある土地柄でもない。ありふれたメニューでも、かまわなかった。

その代わり、食事の前にグラスワインを二杯頼んだ。一杯は赤。一杯は白。どのみち、兄はもう還ってこないのだから、乾杯するようなことではないが、それでもやはり、裁判にけりがついたことを兄に報告し、一緒にグラスをあわせたいような気分ではあったのだ。

不思議なことに、事故は十年も昔のことなのに、わたしには、兄が亡くなったのが、つい最近のことのような気がしていた。法廷で争っているあいだは、しょっちゅう兄の名前を口に出したり、耳で聞いたりしていたから、彼がまだ元気で生きていて、わたしたちと一緒に暮らしているような錯覚を抱いていることができたからかもしれない。

だから今夜、グラスワインをかかげて、わたしは一人で通夜をいとなみ、同時に精進おとしもしているのだった。もし、女の一人旅だと、多少の興味を持ってわたしを見ている相客がいたとしたら、わたしの様子の湿っぽさに、間違いなく傷心旅行だと思い込むことだろう。

わたしは赤ワインをあけ、兄の分の白ワインのグラスを手に取った。アルコールには弱いほうだ。胃の辺りが温まり、頭がぼんやりとしてきた。

ガラス越しに見おろす町には、美しい夜景も派手な電飾もない。冬季には、ライトアップされたゲレンデで、ナイター・スキーを楽しむ若者たちの姿が見えるのだそうだが、今の季節には、夜は純粋な休息と、退屈と、個別の密やかな愉しみの時間だった。空には月も見えない。

そういえば、兄たちが事故を起こした夜にも、月は顔を出していなかった。それだけでなく、おたすけ淵で死亡事故が起こるのは、たいてい、月のない夜だという話も聞いた。

（だから、淵に落ちた遺体が発見されないことも多いんです。山のなかのことだから、せめて月明かりでもあれば、もう少し捜索もしやすいんですがね。だから、行方不明・推定死亡になったままなのは、お兄さんだけじゃありませんよ）

ヘッドライトだけが頼りの夜道で、ひょっとしたら、何かが、ハンドルをとるドライバーを驚かし、運転を誤らせることがあるのかもしれない。野良猫や、あるいは野兎《のうさぎ》が、素早く道を横切って――

そのとき、すぐそばで大きな声が聞こえ、わたしは我に返った。

「申し訳ありません！」

見るからにアルバイトという感じの、若いボーイだった。盆に乗せた水差しが滑り落ちて、わたしの隣の席のシートの上に、蓋《ふた》を下にして着地したのだ。

膝の上に、冷たい水が飛び散った。それだけでなく、隣の席には、バッグを置いてあった。間の悪いときはそういうもので、布製のやわらかなバッグだった。中身までびしょ濡れだ。

こういうことで大騒ぎをしたくはない。丁寧な謝罪を受けたし、幸い、バッグのなかには財布とハンカチぐらいしか入れていなかった。ただ、昼間〝あゆみや〟で買った草木染めのハンカチを入れたままにしてあった。せっかく五枚別々の包装をしてもらったのに、仲良く水に濡れてしまい、土産物として渡すことはできなくなってしまった。

部屋に戻って、濡れた包装紙をはがした。ハンカチ自体はビニール袋に入っているから、どこにも水はしみていない。なに、もともと気に入ったから買ったのだ。これは自分で使えばいい。母も喜ぶだろう。同僚たちには、また別のものを探そう――そう思いながら、ハンカチをながめていたときだった。

あの曼珠沙華の柄のハンカチの角に、ネームが入れてあることに気がついた。

よく見ると、他のハンカチにも入っている。アルファベットの頭文字の場合もあれば、ひらがなで書かれているものもある。つまり、作者のサイン代わりだろう。そして、曼珠沙華の柄のハンカチには、「ＩＴＵＫＩ」という文字が入っていた。

「ＩＴＵＫＩ」――いつき――一樹。

兄の呼び名だった。縮めて「イッキ」と呼んでいた友達もいる。性格的にも年齢的にも――なにせ、死んだときまだ二十歳だったのだ――堅苦しい儀礼的なことが嫌いだった兄も、ごく親しい間柄の人に年賀状などを出すときに、わざと「イッキ」と書いていたことがあった……

まさか。

偶然だろう。そう思った。一樹というのは、現代、それほど珍しい名前ではなくなっているのかもしれない。ひょっとしたら、電話帳を開いて、太郎や次郎という名前を探すほうが難しいくらいかもしれない。そして、一樹という名前に、イッキという呼び名がつくことも、いかにもありそうなことだ。

笑い顔をつくって、わたしはハンカチをたたんだ。濡れてしまった布製のバッグをバスルームに干し、着替えを入れてきたボストンバッグにハンカチをしまい、ついでに身の周りのものも片付けた。テレビをつけ、少しだけくつろいで、早めに寝《やす》もう。今日は疲れた——

だが、テレビ番組に集中することもできないし、ベッドに横になっても、眠気がさしてこなかった。動悸だけが高まってくる。

とうとう、わたしは起き上がり、髪をとかし口紅をひいて、上着をつかんだ。あわてていたので、ドアを出る時まで、ホテルの室内履きをはいたままだった。舌打ちして蹴飛ばして脱ぎ、スニーカーに足をつっこんで、エレベーターに向かった。

〝あゆみや〟は閉まっていたが、隣の喫茶室はまだ開いていた。夜にはパブに変わるらしい。店内には若いカップル客が数組おり、ＢＧＭが低く流れている。そして、色とりどりのコーヒーカップを並べた棚の前に、昼間〝あゆみや〟で話しかけてきた、あの中年の店員が立っていた。

こんばんは、と言ったわたしの声は、なんだか少しうわずっていた。

「さあねえ……」

初対面のときに感じたとおり、中年の店員は、〝あゆみや〟と隣の喫茶室の経営者だった。石田《いしだ》とだけ名乗った。今は、ウイスキーメーカーの名入りエプロンをかけていた。

「小花井村のことは、我々もよく知らないんですよ」

一樹――もしくは相馬という人物がそこで暮らしているのかどうか、見当もつかない、という。本当に困っているようで、人の好さそうな顔を歪めている。

小さなテーブルをはさんで、わたしは身を乗り出した。

「でも、あの草木染めは、小花井村から仕入れてるんでしょう？　村の人が直接持って来るんでしょう？」

「ええ、そうですよ。問屋があるわけじゃないから」

わたしは財布を取り出し、いつも持ち歩いている兄の写真を取り出した。

「これ見てください。こんな男性が来たことはありませんか？　十年前の写真だから、面変《おもが》わりしてるかもしれないけど」

石田は、端の方が茶色く変色しているスナップ写真を指でつまみ、しばらくのあいだ眺めていた。やがて、ゆっくり首を横に振った。

「わかりませんね……。いるかもしれないし、いないかもしれない。あの村の連中とは、あんまり顔をあわさないから」

彼は写真をテーブルの上に置くと、わたしの方へ押して寄越した。

「でも、村の人たちだって、買物にぐらい行くでしょうに」

「それには、もうちょっと麓《ふもと》の方まで降りるんですよ。ここは観光客を集めるための器だから。それに、何度も言いますけどねえ、我々は、あの村の連中とはほとんど付き合ってないんです。向こうが嫌ってるんでね。だから、私だけじゃない、この町のなかの誰に聞いたところで、結果は同じです。小花井村はホントに閉鎖的なんだから」

わたしはグラスを手にし、石田が勧めてくれた薄いカンパリ・ソーダを飲んだ。

「行ってみたいんですけど」

「はあ？」

「小花井村に行ってみたいんです。場所を教えてくださいませんか。車で来てますから、道さえわかれば――」

終わりまで言わせず、石田は「駄目だめ、無理ですよ」とさえぎった。

「車って、普通の乗用車でしょう？」

「ええ、そうですよ」

「まず、それじゃあの山道を登れませんよ。四駆じゃなきゃ絶対に無理だ。それに、お嬢さんの運転じゃねえ」

車なんか借りればいい、わたしがそういう態度を見せると、彼は険しい顔で続けた。

「それに、しつこく言いますけど、あの村の連中は排他的なんです。この町の人間でさえ、訪ねていったりしませんよ。そこへ他所者《よそもの》のあなたがいきなり行ったって、歓迎してくれるもんですか。ここみたいな場所を想像してちゃいけませんよ。山のなかの、本当に片手でつかめちゃうくらいの場所に、屋根が寄り集まってるだけの集落なんです」

「行っても無視されるだけだっていうんですか？」

「それならいいが」彼は、少しばかり意地悪い目つきで付け加えた。「ひどい目にあわされる可能性だってありますよ」

わたしは黙った。彼の言うことを真《ま》に受けたわけではないが、都会で人を訪ねてゆくときのような気楽な気分でいてはいけない、ということだけはわかったからだ。

それに――もし、万が一この「ＩＴＵＫＩ」が兄ならば、小花井村のようなところに、なぜ十年間もひっそりと隠れ住んでいたのか、然るべき理由があるはずだ、ということに思い当たったのだ。それを斟酌《しんしゃく》しないで、やみくもに訪ねていったら、ひょっとすると、兄の方から遠ざかっていってしまうかもしれない。

そんなふうに考えながら、一方では、（兄が命拾いしていて、今までひっそり生きてたなんて、そんなバカな）とも思っている。もしも兄が元気だったなら、十年間に一度ぐらい連絡があってもよさそうなものだ。少なくとも、わたしの記憶のなかにある兄は、事故に遭ったとき、（いい機会だからこれで家族と縁を切ってやろう）と考えるような人ではなかった。親子喧嘩も兄妹喧嘩もしょっちゅうしたけれど、そこまで冷え切った家族ではなかったはずだ。

だが、そんな兄をして連絡を断念させるような事情があったのだとしたら――

「ねえ、お嬢さん。どうしてそんなに小花井村のことを気にするんです？」

石田に問われて、わたしはためらった。

「このＩＴＵＫＩって人が、そんなに大切なんですか？」

重ねて尋ねられ、思い切って説明することにした。石田の頰のあたりに、嫌な感じで好奇心が浮いていたからだ。

だが、聞き終えると、にわかに興醒めしたような表情で、太い二の腕をポリポリかきながら、彼は言った。

「なんだ、そうだったんですか。気の毒だけど、お嬢さん、おたすけ淵に落ちて助かった人なんて、私は聞いたことがないですよ。あそこでは、今までにも何人も、転落したきり遺体があがらなかった人がいるんだ。名前の一致なんざ、偶然です。

妙な夢を見ないほうがいいと思いますよ」

勢い込んで出掛けた分だけ、くたびれていた。ホテルに戻り、エレベーターに乗りこむと、途中の階で、あの水差しを落としたボーイが乗ってきた。ルームサービスを下げてきたのか、布巾をかけた盆を持っている。わたしの顔を見ると、あわてでまた謝り始めた。

「もういいんですよ」

そう言ってから、わたしは考えた。このボーイも地元の人間のようだし、これだけ恐縮していることでもある。小花井村のことを尋ねれば、石田よりはましな答えをくれるかもしれない。

「ねえ、ちょっと伺いたいんだけど」

わたしの部屋のある階で一緒に降りてもらい、切りだした。近くで見ると、まだ頬に産毛《うぶげ》が残っているような感じさえするボーイは、臆病な子供のように目をぱちぱちさせながら、わたしの話を聞いていた。

「小花井村のことは、オレ、じゃないや、僕もよくは知らないんです」

そう言って、盆を持っていない方の手で頭をかく。

「学校の同級生に小花井村の子がいたとか、そんなことはない？」

「あそこは、小さな村だから、子供も少ないんです。オレの友達にはいなかったなあ」

笑うと急に子供っぽくなった。わたしも笑ってみせた。

「そう。ねえ、わたし小花井村に行ってみたいんだけど、あなた、道を知らないかしら。教えてくれない？　案内してくれてもいい。もちろん、お礼はちゃんとお支払いします」

ボーイはびっくりしたようだった。「あんなところに、何しに行くんですか？」

「きれいな草木染めをつくるところでしょ？　それに興味があるの」

「そうかあ……」と、彼は首をかしげた。「オレも、大雑把な方向しかわからないんです。案内する自信はないなあ」

「誰に訊《き》いてもそう言うのよ。小花井村って、まるで隠れ里ね」

「隠れ里ってなんですか？」

「竜宮城みたいなところよ」

わたしが説明すると、彼はおかしそうに笑った。

「そんなヘンな場所じゃないですよ。木炭の買い付けに、東京から料亭の人が来たりしてるし」

「でも、その人たちも村までは行かないんでしょ？」

「はあ。でも、村の人たちは、割りとちょいちょい買物に来たりしてますよ。医者にかかることだって——」

彼はパッと目を見開いた。

「ああ、そうだ。どうしても小花井村に行きたいなら、こうしたらどうですか。村の人が降りてきたとき、理由を話して、いっしょに連れてってもらうんです」

ボーイの話によると、ホテルの女性従業員の一人が、小花井村に住んでいる女性と顔見知りなのだという。

「歯医者の待合室で一緒になって、顔をあわせると挨拶《あいさつ》するくらいになったそうなんです。今日も、その女の人に会ったって言ってました。虫歯の治療で、ずっと通ってきてるらしくて、明日も予約を入れてたっていうから」

その歯医者は駅前にあるという。

「名前はなんていったかなあ……。でも、とにかくすごい美人だっていうから、行けばすぐわかるんじゃないかなあ」

不意に、わたしの頭のなかに映像がよみがえった。昼間、おたすけ淵ですれ違った、曼珠沙華のように紅いくちびるをした女性——

「どうもありがとう。そうしてみるわ」

少し不思議そうな表情を浮かべているボーイをエレベーターに押し込んで、わたしは部屋へと足を向けた。無意識のうちに、かさかさに乾いて紅の気もなくなった自分のくちびるを、舌で湿しながら……

3

妙な張り番だった。

いくら観光地とはいえ、地方のことだから、土地の使い方が大様《おおよう》だ。町中の歯医者にも広い患者専用駐車場があった。おかげで、その隅っこに車を停め、ゆっくりと待つことができる。問題の女性が予約を入れた時間帯がわからなかったので、歯医者の営業時間を確かめ、そのあいだはトイレにも行かないようにして、人と車の出入りに気を配った。

今日もさわやかな好天で、空気のなかに若葉の薫りがする。

それなのに、わたしはイライラと爪を噛んでいた。雑誌も読めない。テープをかけても、ラジオをつけても、なんにも耳に入らない。足元がフワフワして、そのくせ緊張で胃が痛くなる。ときどき脈が飛んでいるような気さえする。どうしてこんなに堅くなっているのか、自分でもわからないし、頭のなかで考えていることが、笑いだしたくなるほど不自然でバカらしいことだとわかっているのに、笑みを浮かべることさえできなかった。

たった一枚の草木染めのハンカチが、わたしを半分狂人にしてしまったみたいだ。見覚えのある車が、専用駐車場の入口に現われたのは、午後三時きっかりのことだった。

わたしの背後から、右手の方向を走ってきたので、わたしの目には、まず助手席の人物の横顔が見えた。昨日の女性だった。今日は髪を束ねていない。両肩の上にばっさりとおろして、開いた窓から吹き込む風に、吹きあおられるままにしてある。

車はゆっくりと曲がり、駐車場へと入ってきた。いちばん手前のスペースに停める。運転者の顔は陰になっているが、どうやら男性であるようだ。慣れた感じで、地面にひいてある白いラインに沿って、一発で車を収めた。エンジンを切る。

まず、女性が降りてきた。わたしよりは少し背が高い。思ったとおりすらりとしていて、脚がきれいだった。洗い晒《ざら》しのジーンズに白いシャツ、白いスニーカーという簡素ないでたちだが、それがかえって彼女の美貌をひきたてていた。

だが、今日の彼女は、少し具合が悪いようだ。車を降りるなり、左の手のひらを頬にあてている。虫歯の治療と聞いていたが、腫《は》れてしまったのかもしれない。遠目ではあるが、くちびるの色も、昨日よりは褪せているように見える。

運転席のドアが開き、運転者が降りてきた。男性だった。彼女と同じようなジーンズにシャツ。新婚夫婦のように見える。彼は車の前を回ってくると、頬に手を当てたまま、わずかに背をかがめて立っている女の顔をのぞきこみ、ちょっと笑い、彼女の肘《ひじ》に手をそえて、歯医者の入口の方へと向かいかけた。

わたしは息ができなかった。声が出せなかった。木偶《でく》人形のように無力に、口をぱくぱくさせて、歩み去ってゆく二人を見つめていた。陽光が女の髪を輝かせ、彼女より頭ひとつ高いところにある男の横顔を、くっきりと照らしだした。

瞬間、なぜかしら激怒に似た思いにとらわれて、わたしは平手でハンドルの中央を叩き、クラクションを鳴らした。何度も、何度も、二人が足を止め振り返るまで鳴らし続けた。それからドアを蹴って外へ飛び出した。

わたしたち三人の視線が、陽射しの下でぶつかりあった。

　わたしには聞こえなかったけれど、男は女を促して、医院のなかへ入るようにと言ったようだ。ドアを開けてやり、気掛かりそうに彼の手首をつかんでいる女をそっと押しやって。くちびるが動いて、（すぐ行くから）と言ったように、わたしは思った。

　ドアが閉じ、女の姿が見えなくなった。男はゆっくり近づいてきた。わたしは、二人のあいだの距離が縮まるまで待って、そして言った。

「兄さん？」

　相手はすぐには答えなかった。身体の脇で拳《こぶし》を握り締めていたが、やがてその手をゆっくりと開き、こう言った。語尾をかすかに震わせながら。

「コーコか？」

　わたしの名前――相馬孝子《そうまたかこ》をこう呼ぶのは、兄だけだった。途端に涙があふれてきた。

4

「白髪《しらが》があるわね。それとも、陽射しのせいで光って見えるだけかな」

わたしたちは〝あゆみや〟の並びの喫茶室にいた。昨夜石田と向きあって座ったテーブルに、今は兄と座っている。わたしは胸をそらして、（ほら、あたしの言ったとおりだったでしょ？　兄さんは生きてたわよ）と言ってやりたくて、石田の姿を探した。だが、彼は不在のようだった。

二十歳の頃とはまったく違い、兄は髪を短く刈って、自然な感じで七三に分けていた。これという根拠はなかったが、その髪を刈ったのはあの女性であると、わたしは確信した。間違いないと思った。

兄は頭のてっぺんのあたりを撫でながら、苦笑した。

「もう三十歳になったんだよ。すぐに三十一だ。白髪ぐらい出るさ」

「そうね。うちは若白髪の家系だし」

わたしが知っていた二十歳の青年は、こんな落ち着いた話し方をしなかった。十年の歳月は、兄という人間を、風に乗って飛び回るツバメから、巣を守るウズラにでも変えてしまったのかもしれない。

巣を守る、か。わたしは尋ねた。

「さっきの女の人、恋人？」

少し間をおいてから、兄は答えた。「女房だよ」

それにはショックを受けなかった。だが、次の言葉には、軽いめまいを覚えた。

「子供もいるんだ。この秋で四歳になる」

兄に子供がいる——

なぜ、その事実の方にたじろいだのだろう。それはたぶん、女となら別れさせることもできるけれど、子供と引き離すことはできないと、本能的に判断したせいだろう。

そう、わたしはもう、兄を連れ帰ることを考えていたのだ。現在の兄を取り巻いている人間関係を問い質《ただ》すのも、兄を取り戻すには、何本の絆《きずな》、いくつのしがらみを断ち切ればいいのかを知るためだった。

だって、兄は我が家の人間なのだから。

「再会の喜びはさておき」と、わたしは言った。兄の顔を見て怯《ひる》んでしまうのが怖くて、じっとお冷《ひ》やのグラスを見つめていた。

「なぜ今まで連絡してくれなかったの？　父さんも母さんも、あたしもどんなに悲しんだか……。あたしたちのこと、一度も思い出してくれなかったの？」

兄は長いこと口をつぐんでいた。カウンターのところで、観光客らしい夫婦の二人連れが、店員に道を尋ねている。その声がいやに大きく聞こえる。

「思い出さない日なんて、一日もなかった」小さな声で、兄は答えた。「本当だよ」

「じゃ、なぜ？」

「臆病だったからだよ」

ぽつりと呟いて、わたしの肩ごしに、遠くの方を見るような目をした。

「一人だけ生き残って、おめおめ帰る勇気が出なかったんだ」

とつとつと、兄は語った。

「事故のとき、俺は、車が淵に落ちる直前に、外へ放り出されたんだ。シートベルトを締めてなかったのが幸いしたんだと思う」

それでも、腕や足を折り、身動きできずに倒れていた。そこを、通りかかった小花井村の住人に救われたのだ。

「車に乗せられて、現場から離れるとき、助けてくれた人に、（連れがいたんです）と訊いてみたんだ。（車ごと淵へ落ちたようだよ）と教えられて――」

意識を失い、気がついたら見知らぬ部屋のなかで寝かされていた。

「村には医者はいないけど、打撲や骨折ぐらいなら、確実に治すことのできる人がいたんだ。ほら、コーコも覚えてないか？　うちの近所に骨つぎの先生がいたろう？　あんな感じさ。実際、きれいに治してくれたよ。山の上は冬になると氷点下の毎日が続くけど、それでも古傷がうずいて辛いようなこともない」

村人たちが、なぜ下の町の病院へ連れて行かないのか。なぜ警察に連絡しないのか。その理由はわかっていたという。

「町へ戻ったら、捕まって、事故の責任をとらされるよ——そう言われたんだ」

二十歳の世間知らずの学生は、その言葉を信じ込んだのだ。

「事故を起こしたとき、運転していたのは河合だった。俺じゃない。俺は助手席にいたんだ。でも、生き残った俺がいくらそう主張しても、誰も信じてくれるわけがないって言われたんだ。逆に、死人に口なしで、友達に責任転嫁しようとしている卑怯者だと責められるって——」

この十年間の法廷での泥仕合を思い出して、わたしは目を伏せた。

「それでなくても、助かったのが自分一人だけだってことで、すごく引け目を感じていたんだ。いっそ死んだ方がましだったと思うし、でも助かってよかったとも思う。どうすればいいのか、自分でもよくわからなかった」

歩けるようになると、今日は町へ戻ろう、今日は家族に連絡しようと思いながら、どうしても実行に移すことができなかった。

「村の人たちが、町へ降りたときに噂を集めてきて、教えてくれていた。だから、俺は死んだと思われてるってことも、わかってた。いっそ、そのままにしておいた方がいいんじゃないか——俺一人が家族のもとへ戻って行って、ほかの三家族から恨まれるよりも、いっそこのままこの村で生き続けた方が、お互いにずっと幸せになれるんじゃないか——そう思って……」

村にいれば、村人たちと交流もできる。自然に仕事を手伝うようになる。畑を耕し、炭焼きの技術を学び——やがて、村の一員として認められていった。結婚し、子供を持ち、家庭をつくる。そして、根をおろしていったのだ。

「まだ探されているかもしれないし、誰と顔をあわせるかもわからない。だから、最初の七、八年は、まったく町へ降りなかった。ここ二、三年でも、片手で数える程度だよ。今日は、女房の歯痛がひどくて運転が危なそうだから付いてきたんだ。それなのにコーコに会っちまうなんて……。おまえ、どうして俺が生きてるかもしれないって思ったんだ？」

わたしが理由を話すと、兄はゆっくりうなずいた。

「そうか。あの草木染めは、蒔子《まきこ》が趣味がてらにつくってるんだよ。ＩＴＵＫＩってのは、あいつの雅号みたいなもんさ」

「蒔子って？」わかっていながら、わたしは訊いた。「あの人の名前？」

兄はうなずいた。「あとで紹介する。おまえにも気に入ってもらえると思うけど」

「気の毒に、あの人、内縁の妻なのよね」

わたしは口をとがらせ、からかうように言った。お腹のなかに真っ黒な雲が固まっている。それを言葉で吐き出したかった。

「兄さん、戸籍上はもう死んだ人なんだもの。子供だって、死人の子よ。どうするの？　あの人の私生児になるの？　それでいいの？」

兄はひどく悲しそうな顔をした。「村のなかで生きていく分には、生まれなんか関係ないよ」

「井のなかの蛙《かわず》ってやつね」

「広い世間に出ていくことばかりに価値があるわけじゃない。小花井村には、伝えていかなきゃならない技術や伝統があるんだ」

兄はぐっと目元を引き締めた。「俺も、あの村の人たちに助けられて、あそこで暮らすうちに、そういうことがわかってきたよ」

わたしはカッとなった。「兄さんが、恩返しに、そういう大切な伝統とやらに染まっているあいだに、下界のあたしたちがどんな思いをしたか教えてあげましょうか？　この十年、死人の兄さんの名誉のためにどんな争いを繰り返してきたか、すっかり話してあげましょうか？」

だが、わたしが続きをぶちまけるより先に、店のドアが開き、人影がすべりこんできた。あの女だった。

彼女はまっすぐ兄のそばにやってくると、傍《かたわ》らに立ち、そっと兄の肘に手を置いた。

「お話は済んだ？」

私と兄は十年ぶりの対面をしているのだというのに、彼女は、そんなことなどまったく気に留めていないようだった。わたしとはつい昨日も顔をあわせたばかりだし、その気になればいつでも会える、というような顔をしている。あらたまって紹介してくれと、兄を促すことさえしない。

「蒔子——」

さすがにバツが悪くなったのか、兄は眉をひそめて彼女を見上げた。だが、兄がどちらの側により強く惹《ひ》きつけられているのかは、考えてみるまでもなかった。

顔色で、表情で、目付きでわかる。兄の心を占めているのは、この女の方だ。

初めて間近に見る彼女は、遠目で見たときよりも、もっと美しかった。化粧気はないし、頰は少し腫れているし、歯の痛みのためか、顔色もよくない。それなのに、そうしたマイナスの要素でさえ、彼女の整った顔立ちに、そこはかとない頼りなげな雰囲気を添えて、かえって魅力を増しているように思えた。

曼珠沙華の花だ――そう思った。手厚い保護を受けていなければ美しく咲くことのできない、ひ弱なバラではない。たとえ墓地にでも、鮮やかな紅の花を咲かせる曼珠沙華。死人花。法律的にはすでに死亡している兄をがっちりとからめとって、花を咲かせている――

この女から、兄を引き離さなければならない。十年の歳月と、この女が敵だ。

わたしは内心、歯噛みしたい思いだった。今ここで、父が半病人になっていること、母も看病に疲れ、十年続いた訴訟に疲れ、貯蓄も削ってしまったこと、わたしは意固地なハイミスになりかかって、職場でさえ居心地が悪くなっていること、そんなことどもを話してみたら、どうなるだろう？

父の病気を、兄は心配するだろう。一時は心を傷めるだろう。だが、日がたてば、健康で美しい妻と子の方へと関心が戻っていく。

きっとそうなる。男は家を出てゆくものなのだから。

だが、今は駄目だ。この状況ではいけない。だって、兄は十年前から騙《だま》され続けているのだから。下界へ戻れば罪に問われるなどと脅《おど》かして、兄を足止めし、奴隷がわりにした村人たちに、わけても兄の妻となったこの女に、わたしは気が狂いそうなほどの憎しみを感じた。

「あとで話しましょう、兄さん」そう言って、わたしは立ち上がった。それを合図にしたように、兄も立ち上がった。蒔子が防御を固めるように、スッとその腕に腕をからめる。

「ごめんなさい、はずしてください」

わたしは彼女に、馬鹿丁寧に言った。蒔子は探るような目で兄を見上げたが、彼が、

「エンジンをかけておいてくれよ」と言って、ポケットから出したキーを渡すと、渋々受け取った。

「早くしてね。一平《いっぺい》がお昼寝から覚めると、あなたを探して泣くでしょうから」

そう言い置いて、彼女は店を出ていった。

子供の名前は一平か。でも、わたしは知りたくもなかったし、顔を見たいとも思わなかった。

「今夜、もう一度ここへ来てよ。二人だけでゆっくり話しましょう。あの人に邪魔されたくないの」

兄は困った顔をした。「夜は無理だ。勝手に家を空けることはできないし、車も使えない」

「兄さんの車じゃないの？」

「村の共有なんだよ」

「そんな生活、まるで奴隷じゃない。それとも軍隊かしら。兄さんは下っぱの兵隊？」

「そんな言い方をするな」

わたしは奥歯を嚙みしめた。「じゃ、いいわ。あたしの方から行く」

「村へ？　無理だよ。道が――」

「途中までなら何とかなるわ。兄さんだって、足があるんでしょう？　歩いて来られる場所まで出てきてよ。そうしてくれたっていいじゃない！」

兄はたじろいだ。「――いいよ。じゃ、こうしよう。おたすけ淵の先に、崖っぷちに大きな楠《くすのき》のある場所がある。そこにしよう。高い柵があるし、とにかく大木が目印になるから、間違えっこないよ」

午前零時に時間を決めて、わたしたちは別れた。

夜中というのは都合がいい。話しているうちに、わたしはまた胸が高鳴ってきていた。兄が車に乗ってくれればこっちのものだ。そのまま東京まで帰ってしまおう。

勝算は、あった。

5

その夜出発する前に、念のため〝あゆみや〟に立ち寄って、石田に、楠の大木のある場所を確かめた。彼は口ではうまく説明できないと言って、

「ちょっと待っててくださいよ。今、地図を描く紙をとってくるから」

しばらくして戻ってくると、広告の裏に、鉛筆で下手な絵を描いてくれた。だが、地図としては正確だった。それは、あとでちゃんと実証されることになる。

〝あゆみや〟を離れ、一人ぼっちの夜道に車を走らせながら、わたしは頭のなかで、これから兄に言う言葉をおさらいしていた。

兄さん、目を覚ましなさい。騙されてるのよ。一人だけ生き残ったからって、兄さんが事故の責任をとらされるなんて、大嘘よ。

だって、あたしたちは裁判に勝ったんだもの。

最終的に、河合さんの遺体に残っていた傷の位置と程度から推測して、彼の致命傷となった胸部の打撲傷は、ハンドルに激突した際にできたものだ——という鑑定が採用され、わたしたちは勝訴したのだ。

時間はかかったけれど、ちゃんと真実が勝ったのだ。兄には、もう何も怯《おび》える必要などないのだった。

もしどうしてもそうしたいのなら、落ち着いたら妻子を呼び寄せればいいと勧めるつもりだった。とにかく、一度下界に降りていらっしゃい。竜宮城から帰っていらっしゃい。

そして、現実に戻らせてしまったなら、あとはいくらでも方法がある。

たしかに蒔子は強敵だ。だが、都会には、わたしの武器になるものが山ほどある。便利な生活、華やかな暮らし。十年のブランクを埋めて、兄が正しい選択をしてくれるよう、今度はわたしたち家族が彼を洗脳しなおさなければならない。いつでも好きなときにバラが手に入るなら、誰が好んで曼珠沙華など買い求めるだろう？

わたしは勝利に酔っていた。目がくらんでいた。だから、おたすけ淵にさしかかったとき、突然フロントガラスにまぶしい光があふれだし、目を射られたときにも、まだ顔は笑ったままだった。

大破。

あとは、覚えていない。

気がついたときには、夜空を見上げていた。地面に寝かせられている。身体中が痛むので、かえって無感覚になりそうだった。

遠くから、声が聞こえてきた。

「ずっと監視してた甲斐《かい》があったよ。俺の描いた地図は正確だったな」

石田の声だった。

信じられないという思いと、迂闊《うかつ》だったという後悔が、胸を満たした。周到な小花井村の住人たちは、スパイも放っていたというわけか。

重いものを引きずってゆくような音がする。まばたきして目を動かすと、視界の隅に、小型の投光機が見えた。あれで照らされて、一瞬目が見えなくなったのだ。

「一樹は大切な人材だ。連れ出されちゃ困る」

わたしの知らない誰かの声が言っている。老人の声だった。

目を閉じて、わたしは考えた。

小花井村の人たちは、これまでに何度もこうして「事故」を起こしてきたのではないか――

人口の少ない、放っておけば自然消滅してしまうような村だ。しかし、土地への愛着と、伝統的な産業への執着心はある。それを伝えたい。そのためには、人が要る。

だから、訪れた観光客を物色しては、使えそうな人物を選んで、「事故」を演出する。生き残った一人か二人を、言葉巧みに誘導し、元の生活には戻れないようにして――

そうやって、村を維持してきたのだ。

「おたすけ淵」が誰にとっての「おたすけ」なのか、本当の意味が、やっとわかった。

ほっそりとした人影がわたしに近づいてきて、頭の脇に屈みこんだ。甘い香りがした。

蒔子だった。

「時計を遅らせておいたから、一樹さんはまだ来ないわ」

彼女はささやくように言った。

「あなたが運転を誤って事故を起こしたって思うでしょうね。とっても悲しむでしょう。可哀相だから、わたしがそばにいてあげなくちゃ」

さっきの老人らしい人影が、わたしをのぞきこんできた。

「それとも、あんたもわたしらの村にやってくるかね？　東京なんかより、ずっと人間らしい暮らしができる」

蒔子の方へ顔を向けて、

「たしか、一夫にはまだ嫁さんが決まってなかったな？」

「ええ」と、蒔子は答えた。そして、優しい声でわたしに言った。「あなたも結婚するといい。そうしたら、女から夫を取り上げるのがどれほど残酷なことか、よくわかってもらえるだろうから」

また、甘い匂いが鼻をくすぐった。

たぶん、曼珠沙華の香だ。意識を失う前に、ふとそう思った。

解説——後味が悪い作品が、なぜ面白いのか

細谷正充《ほそやまさみつ》

本書『あなたの不幸は蜜の味——イヤミス傑作選』は、女性作家の〝イヤミス〟を集めたアンソロジーである。イヤミスの定義はなかなか難しいのだが、とりあえず読み終わったときに嫌な後味が残るミステリーとしておこう。嫌な後味というとマイナス評価のようだが、それこそが読みどころ。時に人が不快なものから目を逸《そ》らせなくなるように、手に取りたくなる独特の魅力があるのだ。それがイヤミスである。

さて、収録した各話に踏み込む前に、本書の成り立ちを説明しておこう。私は今まで、何十冊もアンソロジーの編集に携《たずさ》わっているが、基本的にテーマや作品ありきだ。こんなテーマのアンソロジーが面白そうだ、あるいは好きな作品を採るためには、どんなアンソロジーにすればいいか。このような発想から、アンソロジーの制作を進めている。

だが本書は、タイトル先行であった。「他人の不幸は蜜の味」というフレーズについて考えていたとき、ふいに「あなたの不幸は蜜の味」という言葉が頭に浮かんだ。そしてこれはイヤミスのアンソロジーのタイトルとして、抜群にいいのではないかと思い、本気になって収録する作品のセレクトをしたのである。このような手順で作ったアンソロジーは初めてだが、選んだ作品には自信がある。どうか後味の悪い物語を、じっくりと楽しんでいただきたい。

「石蕗《つわぶき》南地区の放火」　辻村深月

二〇一二年に第百四十七回直木賞を受賞した『鍵のない夢を見る』は、きわめて優《すぐ》れたイヤミス作品集だった。その中で、個人的に好きなのが本作である。理由は後で書くことにして、まずはストーリーだ。

主人公の笙子《しょうこ》は三十六歳。短大を卒業してから、地元の財団法人町村公共相互共済地方支部で働いている。ある日、道を挟んで実家の目の前にある消防団の詰め所が、放火により燃えた。仕事で現場に赴《おもむ》いた笙子は、そこで消防団の男と再会する。かつて消防団の合コンに参加し、その後、男と横浜でデートをしたが、それは彼女にとって苦い思い出だった。ざわめく心を抑えて男の相手をする笙子だったが……。

実は私の実家の、道を挟んだ目の前に、消防団の詰め所がある。年に何回かは消防団の人たちが集まり、酒盛りをしていた。子供心に煩《うるさ》いと思ったものだ。だから笙子の気持ちがよく分かる。それと同時に、地方都市の閉塞《へいそく》した空気にも、大いに同意してしまった。本当に、こんな感じなのである。ということで笙子に親近感を覚えて読んでいたから、放火犯の正体が判明した後の展開が辛《つら》い。澱《よど》んだ場所で自意識を肥大させた人間の醜《みにく》さが、容赦なく剔抉《てっけつ》されているのだ。トップを飾るに相応《ふさわ》しいイヤミスなのである。

「贅《ぜい》肉《にく》」　小池真理子

イヤミスという言葉が生まれる前から作者は、次々と素晴らしいイヤミスを発表している。どの作品を選ぶか迷ったが、ビジュアル・インパクトの強さで本作にした。

美人で勉強もできる三歳上の姉・葉子《ようこ》に、羨望《せんぼう》と嫉妬《しっと》を抱き続けていた裕美《ひろみ》。しかし葉子の精神は弱かった。母親の死で落ち込み、恋人と別れてからは過食に走る。そしてさらなる悲劇が起きてからは、食べることが止められない肥満体になっていく。妹の自分だけが頼りの姉に、歪《ゆが》んだ優越感を覚える裕美だが、その行きつく先は皮肉なものであった。

裕美の葉子に対する一方的な愛憎ドラマの陰で、姉妹の互いの依存が深まっていく。そして葉子が極度の肥満体になっていく過程が、異様な迫力で描かれているのだ。見事に決まったオチが、その異様な光景を増幅する。想像するだけで、どんよりとした気分になってしまう、グロテスクなイヤミスなのだ。

「エトワール」　沼田まほかる

現代の作家にしては寡作《かさく》な作者だが、イヤミスを語る上で、抜かすことのできない存在である。それだけ優れたイヤミスを執筆しているのだ。本作を読めば、深く納得してもらえるだろう。

語り手の私は、職場の上司の吉澤《よしざわ》と、不倫の関係にある。吉澤は、妻の奈緒子《なおこ》と離婚するといい、私と一緒に暮らし始める。だが、周囲に奈緒子の姿がちらつくことで、しだいに私は追いつめられていくのだった。

略奪愛で幸せになるはずの私が、奈緒子の姿や影に怯《おび》えて、どんどん常軌を逸《いっ》していく。この過程を作者は、恐ろしいほどリアルに活写する。その果てに現れる、ある事実がさらに恐ろしい。必要最小限の登場人物で、これほど狂気に満ちたストーリーを創れるとは！　読者の気持ちを巧《たく》みに誘導し、イヤな場所まで連れていく、作者の手腕が鮮やかなのだ。

「実　家」　新津きよみ

作者の短篇ミステリーは、切れ味がいい。それはイヤミスでも変わらない。ドメスティックなイヤミスである本作を読めば、深く納得してもらえるだろう。

三人の子供もとうに独立し、夫と年金暮らしをしている六十五歳の篠田房子《しのだふさこ》。死んだ兄の遺産を貰えなかったことに続き、夫が浮気をしていることを知る。夫との離婚を考えた房子だが、自分の居場所がいかに脆弱《ぜいじやく》かを突きつけられるだけだった。

ごく普通に生きてきた女性の日常が、あっという間に崩れていく。夫には裏切られ、子供たちも頼りにならない切羽《せつぱ》詰まった状況で、彼女が取った行動が悲しい。そんな主人公を、作者はラストのオチで、残酷に突き放す。彼女の人生は何だったのか。最後の一行を読んで、考えずにはいられなかった。

「祝辞」　乃南アサ

二〇一八年に刊行された作者のエッセイ集『犬棒日記《いぬぼう》』を読んで、感心してしまった。街中で出会った人や、目撃した出来事の話が多いのだが、作者の人間に対する観察と洞察が鋭すぎるのだ。なるほど、このような〝眼〟を持っているから、本作のような人の心の闇《やみ》に迫ったイヤミスが書けるのだろう。

もうすぐ摩美《まみ》という女性と結婚する敦行《あつゆき》は、彼女から親友の長坂朋子《ながさかともこ》を紹介される。明るくふたりを祝福する朋子。だが翌日から、彼女は失語症に陥《おち》った。朋子を心配する摩美と敦行だが、友人たちと出かけた旅行先で、思いもかけぬことが起こる。そして結婚式で……。

親友という関係の裏に潜《ひそ》む真実。これ自体は、さほど目新しい題材ではない。だが、それを際立《きわだ》たせるラストの場面が強烈だ。たまたまだが、このアンソロジーを編んでいるときに、私の甥《おい》の結婚式があった。披露宴で新郎新婦を祝いながら、もし本作のようなことが起きたらどうしようと、密かに思ったものである。不謹慎で御免と、甥には謝りたい。でも、そんなことを考えさせるだけのダークな力が、このイヤミスにはあるのだ。

「おたすけぶち」　宮部みゆき

宮部作品は、イヤミス要素を含んでいるものが少なからずある。『火車《かしゃ》』『理由』『名もなき毒』など、幾つもの長篇から、イヤミスの匂いが感じられる。それは作者が、人間の実像を、真剣に見つめているからだ。

高原の観光地を訪ねた相馬孝子《そうまたかこ》。十年前に友人たちと共に、飲酒運転で事故死した、兄を供養《くよう》するためである。ただし〝おたすけ淵《ぶち》〟に落ちた車の周囲から、兄の死体だけは見つかっていない。土産物《みやげもの》店でなにげなく買った草木染めのハンカチのサインから、兄が生きているかもしれないと思った孝子は、草木染めを作っている小花井《こばない》村に向かおうとする。だが地元の人に聞くと、排他的な村のようだ。それでも孝子は兄を捜そうとする。

兄の生死を確かめようとするヒロインが、しだいに不穏な空気に取り込まれていく。小花井村の不気味《ぶきみ》さも相まって、全体のトーンはホラー小説のようである。それを作者は、ギリギリのところで、ミステリーとして成立させたのだ。物語の繊細《せんさい》なバランスは、ミステリーのみならず、ホラー小説も得意とする作者ならではのものであろう。だからこそ独特のイヤミス世界に、存分に浸《ひた》れるのである。

以上六篇、楽しんでいただけただろうか。もしかしたら濃厚なイヤミス世界に、胸焼けしてしまった読者がいるかもしれない。そんな人には、本書と同時発売された『あなたに謎と幸福を――ハートフル・ミステリー傑作選』を、お薦《すす》めしておく。人の心の明と暗。二冊併《あわ》せて味わっていただければ、これほど嬉しいことはない。

（文芸評論家）

〈出典〉

◎「石蕗《つわぶき》南地区の放火」（辻村深月『鍵のない夢を見る』所収、文春文庫）
◎「贅《ぜい》　肉《にく》」（小池真理子『贅　肉』所収、双葉文庫）
◎「エトワール」（沼田まほかる『痺《しび》れる』所収、光文社文庫）
◎「実　家」（新津きよみ『孤独症の女』所収、徳間文庫）
◎「祝　辞」（乃南アサ『夜離《よが》れ』所収、新潮文庫）
◎「おたすけぶち」（宮部みゆき『とり残されて』所収、文春文庫）

乃南アサ（のなみ　あさ）

1960年、東京都生まれ。早稲田大学中退後、広告代理店勤務などを経て、作家活動に入る。88年、『幸福な朝食』で日本推理サスペンス大賞優秀作、96年、『凍える牙』で直木賞、2011年、『地のはてから』で中央公論文芸賞を受賞。著書に、『夜離れ』のほか、『団欒』『しゃぼん玉』『水曜日の凱歌』『六月の雪』などがある。

宮部みゆき（みやべ　みゆき）

1960年、東京都生まれ。87年、オール讀物推理小説新人賞を受賞してデビュー。92年、『本所深川ふしぎ草紙』で吉川英治文学新人賞、93年、『火車』で山本周五郎賞、99年、『理由』で直木賞、2002年、『模倣犯』で司馬遼太郎賞、07年、『名もなき毒』で吉川英治文学賞を受賞。著書に、『返事はいらない』のほか、『桜ほうさら』『＜完本＞初ものがたり』、「杉村三郎」シリーズなどがある。

著者紹介

辻村深月（つじむら　みづき）

1980年、山梨県生まれ。2004年、『冷たい校舎の時は止まる』でメフィスト賞を受賞してデビュー。11年、『ツナグ』で吉川英治文学新人賞、12年、『鍵のない夢を見る』で直木賞、18年、『かがみの孤城』で本屋大賞を受賞。著書に、『ゼロ、ハチ、ゼロ、ナナ。』『本日は大安なり』『オーダーメイド殺人クラブ』『水底フェスタ』『傲慢と善良』などがある。

小池真理子（こいけ　まりこ）

1952年、東京都生まれ。成蹊大学文学部卒。89年、短編「妻の女友達」で日本推理作家協会賞を受賞。95年、『恋』で直木賞、98年、『欲望』で島清恋愛文学賞、2006年、『虹の彼方』で柴田錬三郎賞、13年、『沈黙のひと』で吉川英治文学賞を受賞。著書に、『贅肉』のほか、『無伴奏』『無花果の森』『死の島』などがある。

沼田まほかる（ぬまた　まほかる）

1948年、大阪府生まれ。主婦、僧侶、会社経営などを経て、2004年、『九月が永遠に続けば』でホラーサスペンス大賞を受賞してデビュー。12年、『ユリゴコロ』で大藪春彦賞を受賞。著書に、『痺れる』のほか、『彼女がその名を知らない鳥たち』『猫鳴り』『アミダサマ』などがある。

新津きよみ（にいつ　きよみ）

1957年、長野県生まれ。青山学院大学卒。旅行会社、商社勤務を経て、88年、『両面テープのお嬢さん』でデビュー。女性心理サスペンスを基調にした作品を多数手がける。2018年、『二年半待て』で徳間文庫大賞受賞。著書に、『孤独症の女』のほか、『女友達』『ふたたびの加奈子』『夫以外』『誰かのぬくもり』などがある。

本書は、ＰＨＰ文芸文庫のオリジナル編集です。

編者紹介

細谷正充（ほそや　まさみつ）

文芸評論家。1963年生まれ。時代小説、ミステリーなどのエンターテインメントを対象に、評論・執筆に携わる。主な著書・編著書に、『歴史・時代小説の快楽 読まなきゃ死ねない全100作ガイド』『あやかし〈妖怪〉時代小説傑作選』『なぞとき〈捕物〉時代小説傑作選』『情に泣く 人情・市井編』などがある。

ＰＨＰ文芸文庫　あなたの不幸は蜜の味
イヤミス傑作選

2019年7月22日　第1版第1刷

著　者　辻村深月　小池真理子
　　　　沼田まほかる　新津きよみ
　　　　乃南アサ　宮部みゆき
編　者　細谷正充
発行者　後藤淳一
発行所　株式会社ＰＨＰ研究所
東京本部　〒135-8137 江東区豊洲5-6-52
　第三制作部文藝課　☎03-3520-9620（編集）
　普及部　☎03-3520-9630（販売）
京都本部　〒601-8411 京都市南区西九条北ノ内町11
PHP INTERFACE　https://www.php.co.jp/
組　版　朝日メディアインターナショナル株式会社
印刷所　図書印刷株式会社
製本所　東京美術紙工協業組合

ISBN978-4-569-76945-5